WOHIN ICH IMMER GEHE

Die Arbeit an diesem Buch wurde mit einem
Literaturstipendium des Berliner Senats gefördert.

Bibliografische Information der Deutschen Nationalbibliothek

Die Deutsche Nationalbibliothek verzeichnet diese Publikation in der
Deutschen Nationalbibliografie; detaillierte bibliografische Daten sind
im Internet über http://dnb.dnb.de abrufbar.

NADINE SCHNEIDER

Wohin ich immer gehe

Roman

JUNG
UND
JUNG

1

Johannes hatte einen wiederkehrenden Traum. Er träumte, dass sie ihn im Wasser erschossen. Dass sie ihn trafen, während er untergetaucht war, und er nicht mehr genug Kraft hatte, an die Oberfläche zurückzuschwimmen. In dem Moment, als sich die Kugel in seinen Rücken bohrte, wusste er, dass er sterben würde. Er spürte ein Stechen zwischen den Schulterblättern und bog sich nach hinten. Öffnete den Mund, atmete Wasser ein, dachte, ich sterbe, und wachte auf. Nichts an dem Traum, weder der Schmerz, der danach seltsam wirklich nachhallte, noch das Gefühl, nicht mehr atmen zu können, ängstigte ihn so wie dieser letzte Gedanke, bevor er hochschreckte: Ich sterbe.

Sie hatten ihn nicht erwischt in jener Nacht, in der er die Donau durchquerte. Es war bewölkt gewesen und ein leichter Wind ließ die Büsche am Ufer unablässig rauschen. Johannes starrte auf die dunklen Wellen, die gegen die Felsen schlugen. Nur ab und zu erhellte sie ein Streifen Licht, wenn sich eine durchlässigere Wolke vor die Mondsichel schob. Er fragte sich, was das mit dem Wind zu bedeuten hatte und was die

Wellen am Ufer darüber verrieten, wie das Wasser in der Mitte war.

Obwohl es eine milde Nacht war, schlotterte er. Irgendetwas steckte bleischwer am unteren Ende seiner Speiseröhre und wollte, dass er sich zusammenkrümmte und schlief bis in den späten Morgen. Dann hätte er einfach wieder nach Hause fahren können, so als hätte es diese Nacht niemals gegeben.

In den zwei Stunden, die er geduckt im Gebüsch abgewartet hatte, war das Boot vier Mal vorübergefahren. Es blieb ihm also eine knappe halbe Stunde, um auf die gegenüberliegende Seite zu gelangen, bevor die tastenden Lichter, die dem Motorengeräusch vorausgingen, wieder auftauchten. Erst als er den Bootsmotor gehört hatte, war ihm bewusst geworden, wie breit die Donau hier war. Das Knattern war kaum bis zu ihm in sein Versteck gedrungen.

Und doch war es eine der engsten Stellen. Die Felshänge kamen einander hier so nahe, als wären sie es, die die Schiffe am Durchkommen hindern wollten. Dabei war es der Fluss. Johannes hatte nie verstanden, warum der Abschnitt »Eisernes Tor« genannt wurde. Es war doch ein Tor aus Wasser, aus Strömungen und verborgenen Strudeln und in gegensätzliche Richtungen schlagenden Wellen. Es war das Wasser, das die Schiffe gegen die Felsen trieb. Das Wasser war das Tor und dieses Tor war alles andere als eisern. Es war wendig und bewegt und täuschte einem vor, es wäre nach allen Seiten offen. Es war viel schlimmer, als es ein Tor aus Eisen gewesen wäre.

David hatte Johannes einmal gesagt, er müsse besser schwimmen lernen. Als Johannes ihn daraufhin fragte, ob er mehr üben solle, schüttelte David den Kopf.

»Es ist nichts, was man mit mehr Übung lernen kann«, hatte er gesagt. »Es ist so, dass du Angst hast vor dem Wasser. Die müsstest du verlernen. Mit so viel Angst kann man keinen Fluss durchqueren.«

Johannes sah zu, wie das Boot wendete. Die Lichter drehten nach Osten und strichen durch die Dunkelheit, um bald darauf hinter einer leichten Biegung zu verschwinden.

Er erhob sich. Zog Jacke, T-Shirt und Schuhe aus. Die Schnürsenkel fädelte er in die Gürtelschlaufen der Hose und verknotete sie, so fest er konnte. Die Schuhe würden schwer werden im Wasser, aber er würde sie brauchen auf der anderen Seite. Er hoffte, dass er sie brauchen würde. Den Schwimmreifen hatte er bereits aufgeblasen. Es war einer für Kinder, ein Souvenir vom Schwarzen Meer, David hatte ihn ihm gegeben. Es war das Einzige, was Johannes von David besaß.

Er legte sich den Reifen um den Hals. Als er die steile Böschung hinunterstieg, rutschten Steine unter seinen Füßen weg, er verlor das Gleichgewicht. Stützte sich ab und schürfte sich die Handballen auf. Er ignorierte, dass seine Hände brannten, und versuchte, sich zu konzentrieren, in der Hoffnung, die Konzentration würde die Angst verschwinden lassen. Sie dumpfer machen. Es funktionierte nicht.

Einen halben Schritt vom Wasser blieb er sitzen und hielt sich, den Arm nach hinten ausgestreckt, an einem Vorsprung fest. Obwohl ihm die Zeit dafür fehlte, atmete er tief ein und aus und tat, was er sich für diesen Moment vorgenommen hatte: Er dachte an seine Großmutter. Daran, wie sie ein Jahr lang nur gesessen war, wie sie dünner, fahler und unglücklicher geworden war und kein Wort darüber verloren hatte. Still rückte sie dem Tod jeden Tag ein Stück näher. Sie wirkte furchtlos dabei.

Er klemmte sich den Reifen unter den Arm und robbte mit den Füßen voran ins Flussbett. Die Kälte umschloss seine Waden und sein Herz zog sich zusammen. Er richtete sich auf und tastete sich schwankend weiter, prüfte bei jedem Schritt, ob er auf dem nächsten Stein genug Halt finden würde, bevor er auftrat. Als das Wasser gerade tief genug war, ging er in die Hocke. Er stieß sich ab und fing, mit dem Oberkörper auf dem Reifen, an zu schwimmen. Kurz berührten seine Zehen noch die Steine am Grund in Ufernähe, dann trat er ins Leere. Nadelspitz stach die Kälte in seine Muskeln, sodass er befürchtete, sie würden verkrampfen. Doch er zwang sich, gleichmäßige Bewegungen zu machen und dabei möglichst tief zu atmen.

Nach einer Weile wandte Johannes sich um und sah, dass die Böschung bereits erstaunlich weit hinter ihm lag. Es musste eine Strömung geben, die ihn mit sich zog, in die Mitte des Flusses. Der Wind war auch hier draußen zu spüren, doch das Rauschen in den Büschen am Ufer war verstummt. Johannes hörte jetzt nichts als das Plätschern der Wellen und sein angestrengtes Atmen. Müdigkeit überkam ihn. Er wollte sich ausruhen, nur kurz die Augen schließen und sich schaukeln lassen. Er hatte ja den Reifen und das Wasser war ruhiger als erwartet. Es war unmöglich, dass er einschlafen, vom Reifen rutschen und hochschrecken würde, um sich schlagend und ohne Orientierung, das schwarze Wasser nicht zu unterscheiden vom Nachthimmel, sodass er einen Moment lang nicht wüsste, ob er im Himmel oder im Wasser ertränke.

Wie eine Hand packte ihn die Strömung und zog ihn ruckartig nach links, in die Richtung, aus der das Boot kommen würde. Er begann, dagegen anzuschwimmen, und Wasser schlug ihm ins Gesicht. Er presste die Lippen zusammen, doch mit der nächsten Welle drang es ihm in Nase und Augen. Er hustete und spuckte. Bunte Punkte flimmerten in der Dunkelheit. Er hörte auf zu schwimmen, umklammerte den Reifen und rang nach Atem. Gleichzeitig spürte er, dass die Strömung ihn losgelassen hatte. Die flackernden Punkte verblassten. Sein Herz raste. Er musste sich beruhigen, sonst würde er nicht weiterschwimmen können.

Kraftlos ruderte er mit den Armen und drehte sich ein Mal um sich selbst. Der Mond war hinter Wolken und die Lichtreflexionen auf dem Wasser waren ganz verschwunden. In allen Richtungen nichts als Schwärze. Er musste irgendwo in der Mitte des Flusses sein, die beiden Ufer gleich weit entfernt und versunken in Dunkelheit.

Johannes krallte die Finger in den Reifen. Auf einmal bemerkte er das Gewicht der Schuhe an den Hüften und dass seine Füße taub geworden waren. Die Wärme, die er gespürt hatte, als er gegen die Strömung ankämpfte, wich allmählich aus seinen Gliedern.

Ich schaffe es nicht, dachte er. Er dachte es zum ersten Mal. Und obwohl er sich gleich darauf sagte, dass er das nicht denken durfte, begann sich der Satz zu verselbstständigen, nahm im Rhythmus seines Atems, seines Herzschlags Fahrt auf und raste durch sein Hirn, mit einer Lautstärke, als würde Johannes ihn sich selbst ins Ohr sagen. Für einen Augenblick war er sich nicht sicher, ob er nicht wirklich sprach. Ob er den Satz nicht in die Nacht sagte, lauter werdend, stockend, sich wiederholend, wie das Rütteln und Knattern eines Motors.

In einiger Entfernung huschte ein Lichtstrahl über das Wasser. Es folgte ein zweiter, der die Böschung vor ihm beleuchtete. Vielleicht fünfzig Meter entfernt lag das Ufer. Das richtige Ufer. Die Strömung hatte ihn weit bis zur anderen Seite getrieben. Und in die Nähe des Bootes. Bald würden die Lichter ihn streifen.

Er schätzte die Entfernung bis zu den ersten Felsen, hinter denen er sich verstecken konnte. Den Reifen ließ er los. Er wollte Luft holen, doch dann vernahm er einen Ruf in der Ferne. Johannes tauchte unter.

~

Noch lange hatte er das Rauschen des Wassers im Ohr. Vielleicht würde ihm das Geräusch bleiben, vielleicht würde er es mitnehmen, es vor dem Zubettgehen hören, nach dem Aufwachen, damit es ihn daran erinnerte, dass der Fluss auf seltsame Weise nachsichtig mit ihm gewesen war. Er hatte ihn mit sich gerissen, aber er hatte ihn an das richtige Ufer gebracht. Johannes hatte sich nach der Donau umgesehen, mehrmals, bevor sie ganz von Bäumen und Sträuchern verdeckt gewesen war. Er hatte sich umgeblickt und sich gefragt, womit er dieses Glück verdient hatte. Das Eiserne Tor. Es war ihm zum Lachen zumute. Das Eiserne Tor hatte sich einfach geöffnet, für ihn. Du bist doch ein Sonntagskind, dachte er, die Großmutter hatte recht gehabt.

Johannes hatte eiskalte Füße. Bei jedem Schritt quoll ein Schwall Wasser aus seinen Schuhen. Es war nicht mehr lange bis zum Morgen, die Vögel sangen schon wie verrückt. Nur das Licht wollte im Wald nicht heller werden, alles war in Schatten gehüllt. Johannes hoffte und fürchtete zugleich, dass man ihn schnell finden würde. Er fürchtete, dass man ihn anschreien, ihn schlagen würde. Dass er die einzigen vollständigen Sätze, die er auf Serbisch beherrschte, vergessen hätte, sobald er die Grenzsoldaten sah. Gleichzeitig hoffte er, dass er sich daran würde erinnern können. Dass sie ihn seine Sätze aufsagen ließen und ihn fortbrächten. Er hoffte, dass er im Gefängnis etwas zu trinken bekäme. Und ein, zwei Stunden Schlaf.

Aber noch war es menschenleer im Wald. Johannes kam nur langsam voran, der steile Anstieg vom Ufer hinauf hatte ihn angestrengt. Der Weg, den er jetzt ging, war flacher und konnte nicht weit entfernt sein von der Straße. Er hatte von dort noch kein einziges Auto gehört. Die Arme um den bebenden Körper geschlungen, achtete er darauf, wo er hintrat. Er hatte plötzlich Angst, sich zu verletzen, sodass er nicht weitergehen konnte.

Er hielt den Kopf gesenkt. Nach und nach wurde es heller um ihn, vor Erschöpfung bemerkte er es kaum. Ihm fiel nicht auf, dass man schon den Tau in den Spinnennetzen zwischen den Zweigen erkennen konnte. Hätte er nach oben geschaut, hätte er sehen können, dass der Himmel ein leuchtendes Graublau angenommen hatte. Aber Johannes hob den Blick erst, als er einen dumpfen Aufprall vernahm.

Er duckte sich. Der Wald lichtete sich hier ein wenig, sodass die Strahlen der Sonne zwischen die Bäume fielen. Der Gesang der Vögel war ohrenbetäubend, Johannes hörte dennoch den Aufprall ein zweites und ein drittes Mal.

Er fuhr sich mit der Zunge über die aufgesprungenen Lippen. Er dachte an Bären und Wölfe, an streunende Hunde. Dann an Menschen. Er rief sich seinen serbischen Satz ins Gedächtnis. »Ich bin Deutscher aus Rumänien, ich möchte zur deutschen Botschaft in Belgrad.« Das hatte David ihm beigebracht. So wie er ihm gesagt hatte, er solle seine Schuhe mit ans andere Ufer nehmen und aufhören, Angst vor dem Wasser zu haben, mit so viel Angst schaffe man es nicht. David hatte ihm auch gesagt, ab wann man sich lieber nicht mehr verstecken sollte. Ab wann man mit leeren Händen gut sichtbar und aufrecht aus seinem Versteck treten sollte.

Johannes richtete sich auf. Er verschränkte die Arme hinter dem Kopf. Als er weiterging, erkannte er, dass sich der Wald zu einer kleinen Lichtung hin öffnete. Dort bewegte sich etwas. Er fragte sich, warum er keine Stimmen hörte, dann sah er zwischen zwei Bäumen den gebeugten Kopf eines Rehs. Danach den zierlichen Körper und die zum Sprung angelegten Beine, bevor das Tier aus seinem Sichtfeld verschwand und er den dumpfen Aufprall noch einmal vernahm.

Es waren keine Menschen auf der Lichtung. Johannes senkte die Arme, ging mit leisen Schritten weiter und blieb schließlich hinter einem Baum stehen.

Die Lichtung war keine Wiese, wie er erwartet hatte, der Boden zwischen den Bäumen war sandig. Sandig wie am Meer. Nur vereinzelt durchzogen Grasbüschel und Wurzeln die unebene Fläche, auf der fünf oder sechs Rehe spielten. Johannes dachte sofort »spielen«, denn sie standen nicht, liefen nicht, sie grasten auch nicht und selbst das Wort »springen« erschien ihm zu plump. Ohne aufeinander zu achten, jedes für sich, krümmten sie ihre Rücken und schnellten mit angezogenen Beinen in die Höhe. Sie landeten weich im Sand, in dem ihre Hufe versanken, knickten ein und ließen sich mit dem ganzen Gewicht zur Seite fallen. In Wolken wirbelte Staub auf, sodass es aussah, als läge ein feiner Nebel über der Lichtung. Die Tiere streckten die Hälse, rieben die Köpfe am Boden, wälzten sich auf den Rücken und erhoben sich dann wieder. Bevor sie zum nächsten Sprung ansetzten, schüttelten sie sich, mit einem Geräusch, das an Flügelflattern erinnerte. Sie wiegten die Köpfe, drehten die Ohren, ein Zittern lief über ihre Flanken und Staub fiel aus ihrem rotbraunen Fell. Immer wieder begannen sie damit, stießen sich ab und stürzten dann wie erleichtert in den Sand, so als nähmen sie an einem heißen Tag ein Bad in kaltem Wasser.

Johannes konnte den Blick nicht abwenden. Kein einziges Mal sah er eines der Tiere ein anderes berühren, sah er ein Stolpern, Wanken oder Mühsal, wenn es sich von dem weichen Untergrund erhob. Selbstvergessen sahen die Rehe aus. Kraftvoll und selbstvergessen, und Johannes fragte sich, wie das möglich war. Wie ein scheues Tier, das gejagt wurde, selbstvergessen sein konnte. Wie es sich gebärden konnte, als wäre es allein auf der Welt.

2

Er hätte die Schrift unter allen anderen auf der Welt wiedererkannt. So schrieb nur sie. Und auch ihre Mutter und deren Mutter hatten so geschrieben. Auf die Rückseite von Fotos: Monat, Jahr, Ort. Nur die Namen der Menschen fehlten immer, so als müsste man auch noch in dreißig Jahren wissen, wer da an einem Meer stand, vor einem Haus, neben einem großen Fass Wein. Oder bis zu den Knien in einem Weiher, mit strahlendem Gesicht, eine Ente unter dem Arm. Johannes hatte nie gewusst, was es mit diesem Foto auf sich hatte. Dass es ihm ausgerechnet jetzt in den Sinn kam. Dieser verschmitzte Ausdruck im Blick seines Vaters, Mai, 1947, bei Temeswar. Sein Vater ein spindeldürrer Junge, noch nicht ganz ein Mann, dessen Gesicht und Körperhaltung überhaupt nichts davon verrieten, wie er später sein würde.

Johannes zwang sich, den Umschlag nicht im Treppenhaus zu öffnen. Er steckte ihn in die Manteltasche, schloss den Briefkasten ab und nahm die Treppe statt des Aufzugs. Er war sie schon eine Weile nicht mehr gegangen, zum ersten Mal seit Langem fiel ihm der Geruch wieder auf. Der Geruch von altem Holz, das feucht ist, aber nicht feucht genug, um zu modern, sondern nur um einen merken zu lassen, dass man in einem alten Haus wohnt. Sein Herz schlug schnell vom Treppensteigen. Es passte zum Zittern seiner Hände und dem Schweiß unter seinen Armen. Woher hatte sie seine Adresse, wie hatte sie ihn gefunden?

Nach nur zwei Stockwerken musste er kurz stehen bleiben, ihm war ein wenig schwindelig. Er war nicht sportlich und außerdem leicht erkältet, wie fast schon den ganzen Winter. Er griff sich ans Ohr und rieb mit der Spitze des Zeigefingers am Rand der Ohrmuschel. Es fühlte sich noch immer dumpf an. Ob es sich auch dumpf anhörte, konnte er nicht mit Sicherheit sagen.

Kurz bevor er oben war, nahm er zwei Stufen auf einmal, dann stürzte er zur Wohnungstür. Nachdem er in den Flur getreten war, zog er ungeduldig den Mantel aus, schnürte die Schuhe auf und ging mit dem Brief in die Küche. Er fragte sich, ob er sich hinsetzen sollte. Wenn niemand da war, der zu einem sagte: »Setz dich lieber hin«, sollte man sich diesen Gefallen vielleicht selbst tun. Er tat ihn sich nicht.

Er riss das Kuvert auf, nur ein einzelnes Blatt steckte darin. *Dein Vater ist umgefallen und nicht mehr aufgestanden. Das Begräbnis ist am 3. Deine Mutter*

Ihre Schrift war kerzengerade, mit wenigen schwachen Schwüngen. Die Kugelschreibertinte hatte tiefe Gräben im Papier hinterlassen. Die Nachricht war mit ruhiger Hand geschrieben, obwohl der Mutter dabei der Tod über die Schulter geschaut hatte.

Jetzt erst setzte er sich, dann strich er das Papier auf dem Küchentisch glatt. 22. März 1993. Kein Ort, keine Namen, nur die zwei Zeilen in ihrer beherrschten Schrift. In Gedanken fing Johannes an, Urlaub zu nehmen, Koffer zu packen, und das alles war, als hätte er diesen Ernstfall seit Jahren schon geprobt. Er ärgerte sich darüber. Er ärgerte sich, dass die Worte der Mutter die Zeit, die vergangen war, so leicht überbrückten, ihn so mühelos fanden, in seiner Wohnung, in seinem Zuhause, sodass er nun zitternd und schwitzend in seiner Küche saß. Vielleicht hatte sie immer gewusst, wo er war. Vielleicht hatte sie gewusst, was er arbeitete, in welcher Straße er wohnte, dass er unverheiratet war und keine Kinder hatte, weil irgendwo in der Stadt ein Onkel soundsovielten Grades wohnte, der nachgeforscht und ihn ausfindig gemacht hatte und sie seitdem auf dem Laufenden hielt. Und solange Johannes noch lebte, solange er nicht krank war oder auf der Straße schlafen musste, keinen Unfall hatte und ihm sonst kein Unglück zustieß, genügte es, ihn aus der Ferne zu beobachten. Mit dem gekränkten Blick der Zurückgebliebenen, die nicht zugeben wollte, dass er sie kümmerte.

Morgen schon würde er in der Arbeit Bescheid geben. In spätestens drei Tagen losfahren. Was bedeute-

te, dass er seine Familie noch diese Woche wiederse-
hen würde. Bei dem Gedanken wurde ihm übel.

Er rückte den Stuhl nach hinten, stand auf und
trat ans Fenster. Die Bäume draußen waren kahl,
aber schon voller Knospen, die sich noch nicht öffnen wollten. Es war ein kalter, blasser Tag, der Himmel mit Wolken überzogen, durch die schwach die
Sonne schien. Johannes hatte aufgehört zu schwitzen und fror in dem feuchten Pullover. Er legte eine
Hand auf die Heizung und drehte sie dann auf. Der
Vater war gestorben, bevor es Frühling geworden
war.

~

»Die Anpassung nächste Woche macht dann meine
Kollegin«, sagte Johannes laut. Er lächelte. Das laute
Sprechen war für die Kunden, das Lächeln für deren
Begleitung, damit die sich nicht daran stießen, wenn
er die Stimme erhob.

Es war ein falsches Lächeln, Johannes glaubte
nicht, dass die Augen mitmachten. Er hatte selten das
ehrliche Bedürfnis, der Begleitung seiner Kunden zu-
zulächeln, in der Regel wollte er sie hinausschicken.
Auch heute war es so gewesen, wie schon bei den frü-
heren Terminen mit diesen kleinen, krummen Leuten,

die gerade aufstanden, um sein Sprechzimmer zu verlassen. Wie Geschwister sahen sie aus.

»Meine Frau hört nicht«, hatte der Mann bei ihrem ersten Gespräch gesagt, noch bevor sie sich richtig gesetzt hatten, noch bevor Johannes eine höfliche Frage hätte formulieren können. Die Frau war still geblieben. Nickte zu den von ihrem Mann beschriebenen Symptomen und schaute nur ein Mal wie aus Versehen von ihrem Schoß auf. Ihr Blick traf den von Johannes. Sie rieb sich mit dem Zeigefinger das untere Augenlid und sah zur Seite.

Johannes hatte Mühe gehabt, bei dem Vorgespräch überhaupt etwas von ihr zu erfahren. Er war froh, wenn er in den Anpasskabinen mit seinen Kunden alleine war. Manche sprachen dort so viel, als hätten sie wochenlang schweigen müssen, denn die Schwerhörigkeit machte einige fast stumm. Die Welt wurde lauter, der Fernseher, das Radio, die Menschen um sie herum, sie hingegen wurden immer leiser. Johannes konnte ihnen tausendmal erzählen, wie gut sich die Geräte in den letzten Jahren entwickelt hatten, er konnte ihnen noch so oft erklären, dass das Gehirn sich an die Schwerhörigkeit gewöhnt und das Hören dadurch regelrecht verlernt, dass eine Hörhilfe diesen Zustand wieder etwas verbessern könne. Das alles änderte nichts daran, dass die Leute sich schämten. Sie schämten sich, wenn sie in sein Sprechzimmer kamen. Wenn er ihnen Töne vorspielte und sie feststellen mussten, dass sie sie nicht hörten. Sie schämten sich, wenn er ihnen die Ergebnisse erklärte. Und am meisten schämten sie sich, wenn sie den Laden mit einem Hörgerät verließen.

Vielleicht hatte sich auch sein Vater geschämt. Womöglich waren das schweigsame Sitzen am Abend, dessen Dauer sich am Inhalt der Schnapsflasche bemaß, das Schwanken beim Aufstehen, die tränenden Augen, die Ungeduld und der Unwille allem und jedem gegenüber einfach nur Ausdruck von Scham gewesen.

»Sind Sie denn nicht da?«

Johannes wandte sich der Frau zu, die noch immer in der Tür zu seinem Sprechzimmer stand.

»Bitte?«

Sie schloss beide Hände um den Riemen ihrer Tasche.

»Wenn Ihre Kollegin die Anpassung macht«, sagte sie, »sind Sie dann nicht da?«

»Leider nein. Ich verreise ein paar Tage.«

»Ach so.« Die Frau sah zur Seite. »Schönen Urlaub dann. Und frohe Ostern.«

»Danke.« Johannes lächelte.

Am Wochenende waren die Uhren umgestellt worden, abends blieb es jetzt auf einmal hell. Der März war für Johannes ein Monat des Ausharrens, er wünschte sich, die Zeit in der Wohnung so lange aussitzen zu können, bis die Helligkeit am Abend zum Rest der Welt passte. Denn jetzt stimmte der Frühling noch nicht. Die Sonne schien zu kalt und grell auf die kahlen Bäume und Sträucher und die aschgrauen Wiesen.

Als Johannes in das Haus mit dem braun gestrichenen Sockel gezogen war, war Frühsommer gewesen. Das Haus hatte wie eines gewirkt, an dessen Geruch man sich schnell gewöhnte, in dessen Sauberkeit man sich nach einer Reise zurücksehnte, wie eines, in dem es sonntags Kaffee und Kuchen und laute Enkelkinder gab. Doch in Johannes' erstem Winter in Nürnberg hatte es dann ausgesehen, als würden darin lauter alte Leute auf Besuch warten.

Er war froh um den kleinen Garten, den ihm seine Nachbarn regelmäßig überließen. Im Frühjahr, wenn sie nach Spanien reisten, kniete Johannes drei Wochen lang jeden Nachmittag in kahlen Beeten und säte Samen aus. Er pflanzte Kohlrabi, Rüben, Zuckererbsen, Kopfsalat und setzte sogar Kartoffeln, klopfte die Erde darüber glatt und rechte sie dann locker auf. Er schnitt Brombeersträucher zurück und düngte das kleine Rasenstück vor dem Gartenhäuschen. Mit bloßen Händen fuhr er über die verlausten Zweige des Oleanders und übergoss sie mit verdünnter Seife. Der Oleander erholte sich.

Johannes wäre gern ein Stadtmensch geworden, hätte sich gern keinen Deut um dieses kleine Stück

Erde geschert. Er hätte gern wie ein Schrebergärtner im Frühling Gartenzwerge abgestaubt und ein paar Blumen gepflanzt, aber er konnte nicht. Als ihm seine Nachbarn den Garten das erste Mal anvertrauten, fragte er, was er damit machen dürfe.

»Alles, alles dürfen Sie damit machen«, antworteten sie und strahlten, als sie Johannes Monate später eine Tüte voller winziger Kartoffeln brachten. Die Kartoffeln waren mundgerecht, man musste sie nicht einmal schneiden.

»Ich bin zurück, bevor Sie nach Spanien fliegen«, sagte er zwei Tage, bevor er aufbrechen wollte, zu seiner Nachbarin. Sie stand in ihrer Wohnungstür und schaute ihn besorgt an.

»Passen Sie auf sich auf dort«, sagte sie.

»Es wird nicht mehr so sein wie früher«, sagte er.

Sie hob die Augenbrauen und zog gleichzeitig die Mundwinkel nach unten. »Na hoffentlich.« Dann legte sie die Hand über das goldene Kreuz, das in den Falten ihrer Bluse hing.

Johannes schaute auf ihre Mundwinkel und dann auf ihre langen Finger und die sorgfältig gefeilten und lackierten Nägel, die über der Kette mit dem Kruzifix lagen. Und er fragte sich, ob sie mit ihm verwandt sein könnte.

3

Er nahm die U-Bahn fast zwei Stunden früher als sonst. Der Wagen, in dem er saß, war leer. Durch das Fenster am Ende des Gangs beobachtete er, wie im nächsten Abschnitt eine Kindergartengruppe einstieg. Er sah bunte Rucksäcke und gemusterte Winterjacken, Münder, die sich unablässig bewegten. Eine Kindergärtnerin, die einen Finger an die Lippen legte. Bei ihm im Abteil blieb es still, so als schaute er durch die Scheibe einen Film ohne Ton.

Er dachte wieder an die Mundwinkel der Nachbarin. An ihren Jahrmarkter Dialekt, den er sofort erkannt hatte, als sie kurz nach seinem Einzug mit Honigschnitten bei ihm geklingelt hatte. Etwas in seiner Brust hatte sich zusammengezogen, als sie ihn auf Schwäbisch fragte, woher er komme. Er log und nannte einen Ort nahe der ungarischen Grenze. Zu seiner Erleichterung hatte sie gesagt, dass sie dort niemanden kenne.

Johannes drückte Mittel- und Zeigefinger auf den geschwollenen Lymphknoten hinter seinem rechten Ohr, dann zwang er sich, die Hand in den Schoß zu legen. Er schloss die Augen.

Man konnte seine Familie verlassen, man konnte hunderte von Kilometern zwischen sich und die Orte seiner Kindheit bringen, man konnte gut vergessen üben, mit einem tückischen Fluss im Rücken, der einen trennte von den ganzen Verwandten und Verschwägerten, von den Blutsbanden, den Wie-aus-dem-Gesicht-Geschnittenen, aber eine Familie ließ sich so leicht nicht loswerden. Sie hatte ihre eigenen Wege und früher oder später begegnete man ihr auf einem dieser Wege wieder. Zum Beispiel, wenn man eines Tages in den Spiegel schaute und sah, dass man einen Zug um den Mund hatte, der einen an jemanden erinnerte. Man drückte an den Wangen herum und fragte sich, wann das passiert war. Oder man hatte Gedanken, die vorher nie dagewesen waren, die nichts anderes als vererbt sein konnten. Dann dachte man plötzlich, man habe zu wenig Geld, man müsse irgendwann verarmen. Man dachte, jemand wolle einem Böses, wolle einem in den Rücken fallen, und mit einem Mal saß man im Kopf wieder in seinem Dorf und fühlte sich aus allen Fenstern beobachtet.

Johannes kannte das alles und es ängstigte ihn nicht. Er dachte, dass er es ihnen lassen könnte. Dass sie ihn ruhig verfolgen sollten, dass er es ihnen schuldete, weil er fortgegangen war. Deshalb nahm er die kreisenden Gedanken hin, die ihn nicht schlafen ließen, sah sie sich am nächsten Morgen an und erkannte, woher sie kamen. Und er hielt an schlechten Gewohnheiten und eingefahrenen Verhaltensweisen fest, selbst an solchen, die ihn quälten. Er hatte ja nicht ahnen können, dass das noch lange nicht alles war. Dass seine Familie noch einen Trumpf im Ärmel hatte. Weil er noch jung war, hatte er einfach nicht daran gedacht.

~

Kurz vor Weihnachten hatte Johannes' Chef wie jedes Jahr die Mitarbeiter aller Filialen zum Essen eingeladen. Johannes und Giulia waren früh gegangen und hatten in Kauf genommen, dass man ihnen grinsend und mit großen Augen die Hand zum Abschied gab, um ihnen dann noch einen schönen Abend zu zweit zu wünschen. Draußen auf der Straße lachten sie darüber.

Nach der Hitze in dem überfüllten Lokal tat die Kälte gut. Johannes hielt die Nase in die Armbeuge, sein Mantel roch nach Zigarettenrauch und gebratenem Fleisch. Der Geruch mischte sich in den Geschmack von Ouzo und Knoblauch in seinem Mund.

»Mir ist schlecht«, sagte Giulia und hielt sich den Bauch. »Warum müssen wir eigentlich immer zum Griechen gehen?«

»Ich hab Magenbitter zu Hause.«

Giulia machte ein würgendes Geräusch und Johannes lachte.

»Komm, es ist noch nicht so spät, ich will noch nicht ins Bett«, sagte er. Giulia sah auf die Uhr, seufzte und zuckte schließlich die Schultern. Der Weg war nicht weit, sie konnten ihn zu Fuß gehen.

Während sie beim Griechen gesessen waren, hatte es stark geschneit. Die Straßen waren weiß und so gut wie leer, nur ab und zu knirschte ein Auto langsam durch den Schnee. Im Licht der Straßenlaternen flirrten Eiskristalle wie Fliegenschwärme, sie legten sich nass auf Haut und Kleider.

»Was machst du an Weihnachten?«, fragte Giulia.

»Essen.«

»Essen kannst du auch bei mir.«

Er schwieg und schaute auf seine Füße. Er hob sie nicht ganz, sodass er den Schnee mit den Schuhspitzen vor sich her schob. Er hatte Lust, sich zu bücken und hineinzugreifen.

»Mein Vater kocht vier Gänge. Das macht er nur an Weihnachten.«

Johannes schaute auf. »Danke«, sagte er, »ich überleg es mir.« Giulia schüttelte den Kopf.

Johannes dachte an Weihnachten, an die Feiertage, daran, dass er nichts tun wollte, außer spät aufzustehen und den ganzen Tag auf dem Sofa zu sitzen, um sich *Fackeln im Sturm* anzusehen. Vor sich eine Kanne Schwarztee mit einem Schuss Rum, daneben Unmengen an Lebkuchen.

»Johannes.«

»Ja?«

»Ich kann auch vorbeikommen, hab ich gesagt.«

»Was?«

»Am ersten oder zweiten Feiertag, wenn du willst. Wir könnten zusammen kochen.«

Johannes überlegte, ob die Feiertage für alle Folgen reichen würden, wenn er Giulia zu sich einlud.

»Um Gottes willen«, Giulia hob die Arme, »wir müssen ja nicht.«

Johannes suchte ihren Blick. Er konnte sehen, dass sie ihn nicht verstand, aber er wusste auch, dass sie nicht mehr fragen würde.

Sie bogen in seine Straße ein, Giulia war einige Meter zurückgeblieben. Er wollte sich gerade nach ihr umsehen, als ihn ein Schneeball am Rücken traf.

Er drehte sich um. Giulia wühlte schon wieder im Schnee.

»Scheiße«, sagte sie in ihren Schal hinein, »der klebt nicht richtig.«

Schnell raffte Johannes frischen Schnee von einem parkenden Auto und drückte ihn so fest wie möglich zu einem Klumpen. Er warf in der Sekunde, als Giulia sich aufrichtete, und traf sie am Kinn. Sie lachte und er wunderte sich, wie wütend es klang.

Ihr nächster Ball zerfiel in der Luft. Sie ging in die Knie, schob den Schnee mit den Unterarmen zusammen und warf ihn Johannes entgegen.

Er rannte einige Meter die Straße hinunter und

spürte, dass er ins Schlittern geriet, der Boden unter dem Schnee war spiegelglatt. »Pass auf, es ist«, fing er an und eine feste Kugel traf ihn am Hinterkopf. Er bückte sich, um den nächsten Ball zu formen.

Bald rann ihm der Schweiß den Nacken hinab und er keuchte. Jetzt erst merkte er, dass er betrunken war. Sein Herz raste und ihm zitterten die Beine. Er setzte sich in den Schnee und schob ihn zwischen den aufgestellten Knien zusammen. Giulia ging direkt vor ihm in die Hocke. Er wartete, und als sie aufblickte, schleuderte er ihr den Schnee ins Gesicht. Sie schrie und ihre Stimme gellte zwischen den Häuserreihen. Schräg über ihnen zog jemand scheppernd eine Jalousie nach oben, schnell und energisch.

»Komm.« Giulia zerrte ihn am Ärmel hoch und sie stolperten in den Hauseingang. Schwer atmend drückten sie sich gegen die Tür, auf die Straße fiel Licht. Johannes prustete los, aber Giulia presste ihre Hand auf seinen Mund. Die Berührung mit dem kalten Handschuh stach ihm bis in die Stirn. Giulia legte einen Finger an die Lippen, ihre Augen tränten vor unterdrücktem Lachen. Stimmen waren zu hören, das Geräusch erstarb, als das Fenster geschlossen wurde. Erst dann nahm Giulia die Hand weg und sie lachten los, leise und verhalten. Johannes konnte den Ouzo riechen, den sie getrunken hatte, und die nasse Wolle ihres Mantels. Ihre Nase lief und die Wimperntusche hatte verwischte Punkte unterhalb ihrer Augenbrauen hinterlassen. Sie sahen einander an. Ihr Kinn zitterte, ihre Lippen waren dunkel vor Kälte.

Er schaute weg und griff in seine Manteltasche. Mit steifen Fingern zog er den Schlüssel heraus.

»Komm, wir sind patschnass.« Er drückte die Tür auf, schaltete das Licht im Treppenhaus ein und trat sich die Schuhe ab. Graues Wasser tropfte auf die Fußmatte. Giulia war von oben bis unten nass, ihre Haare trieften. »Vielleicht lieber Tee als Magenbitter«, sagte Johannes.

Sie schwieg und klopfte sich den Schnee von den Armen, während er zum Aufzug ging und die Tür öffnete.

»Johannes.«

»Ja?« Er drehte sich um.

Sie zögerte. Dann biss sie sich auf die Unterlippe und schaute zur Seite. »Weißt du, dass du nicht mehr so gut hörst?«

~

Bevor er in die Anpasskabine ging, kochte er sich Kaffee. Das Geschäft öffnete erst in eineinhalb Stunden, er hatte genug Zeit. Er setzte sich an den Schreibtisch im Büro und trank in kleinen Schlucken. Horchte auf die Geräusche der Straße vor dem Fenster und hätte beim besten Willen nicht sagen können, ob sie wirklich leiser geworden waren. Zu Giulia hatte er gesagt, dass es vermutlich an der Erkältung lag, die er seit Monaten mit sich herumschleppte. Dass es in den kurzen Phasen, in denen er gesund gewesen war, auch nicht besser wurde, hatte er ihr verschwiegen. Sie fragte ihn trotzdem nach seiner Familie, wollte wissen, ob es etwas Vererbtes sein könnte. Und er musste an all die Ohrfeigen denken, die der Vater ausgeteilt hatte, weil er etwas nicht gehört oder falsch verstanden hatte, und fragte sich, ob man es unter Vererbung einordnen konnte, wenn man von väterlichen Ohrfeigen taub wurde.

Er schaute auf die Uhr, trank den letzten Schluck Kaffee, der bereits kalt geworden war. Als er den Vordruck eines Audiogramms und einen Bleistift aus der Schreibtischschublade nahm, merkte er, dass sein Herzschlag sich bereits beschleunigt hatte. Verärgert schob er die Schublade zu und ging Richtung Anpasskabine.

Normalerweise hatte der schallisolierte Raum eine beruhigende Wirkung auf ihn. Selbst Kunden, die ihm vor dem Hörtest mit wutverzerrter Miene versicherten, dass bei dem Test rein gar nichts herauskommen werde, begegnete er ruhig und souverän, sobald er die Tür zur Kabine hinter sich geschlossen hatte.

»Bitte, nehmen Sie Platz.«

»Ich bin ein bisschen nervös.«

»Das müssen Sie nicht. Das ist ja keine Prüfung.«

»Eigentlich vermute ich schon seit Jahren, dass etwas nicht stimmt.«

»Ja?«

»Ja, aber es gab immer irgendeine Ausrede. Bei dem neuen Radio, das wir gekauft haben, da hab ich immer gesagt, dass der Ton nicht so gut ist wie beim alten. Und ich geh doch so gern ins Theater. Da hat mir mal jemand erzählt, die Schauspieler heutzutage werden nicht mehr so gut ausgebildet, die sprechen alle so undeutlich. Ich hab das geglaubt.«

»Es ist normal, dass man so etwas nicht gleich als Schwerhörigkeit einstuft. Es ist ein schleichender Prozess. So, wir beginnen jetzt erst einmal mit der rechten Seite. Ich biete Ihnen dort einen hohen Ton an und Sie heben einfach kurz die Hand, sobald Sie etwas hören. Wundern Sie sich nicht, wenn Sie am Anfang gar nichts hören, wir ermitteln Ihre Hörschwelle aus dem Bereich nicht hörbarer Töne.«

»Muss ich die Kopfhörer schon aufsetzen?«

»Nein, noch nicht, wir reden kurz noch einmal über den Ablauf –«

»Entschuldigung, bevor wir anfangen – ich wollte das die ganze Zeit schon fragen: Werde ich irgendwann ganz taub sein?«

Johannes rieb sich das Gesicht und setzte sich vor das Audiometer. Sein Mund war trocken, der Kaffeegeschmack lag pelzig auf seinem Zahnfleisch. »Schwerhörigkeit ist nicht das Ende der Welt«, sagte er laut und seine Stimme erstarb zwischen den isolierten Wänden. Auf einmal hörte sich der Satz völlig sinnlos an, tausendmal gesagt, doch ohne ein Gegenüber verlor er jede Bedeutung. Er lauschte den Worten nach und wusste nicht mehr, was er eigentlich gesagt hatte.

Er zog die Kopfhörer auf, legte die Finger an den Pegelschieber und schloss die Augen. In beiden Ohren pulsierte sein Blut, viel zu schnell. Es hörte sich an, als würde es von innen gegen das Trommelfell pochen und es nach außen stülpen wollen. Als er begann, den Pegel zu erhöhen, spannte er die Schultern an, nichts war zu hören, zu lange nicht. Dann kam ein hoher Ton, so leise, dass er ihn sich auch eingebildet haben könnte. Johannes zog die Hand zurück, unter seinen zitternden Fingern rutschte der Schieber leicht nach unten und der Ton erstarb. Er öffnete die Augen.

Eine Weile blieb er sitzen, reglos, und lauschte auf das dumpfe Rauschen unter den Kopfhörern. Der Bleistift hätte gespitzt werden müssen, das sah er jetzt erst. Er schlug mit der flachen Hand auf den Tisch. Schließlich nahm er die Kopfhörer ab und verließ mit dem leeren Audiogramm die Kabine.

Zurück im Büro schaute er auf die Uhr und dann aus dem Fenster zu der Bäckerei gegenüber. Um diese Uhrzeit hatten sie meistens warme Croissants. Er zog den Mantel an. Das mit dem Hörtest konnte bis nach seiner Rückkehr warten. Auf ein, zwei Wochen kam es auch nicht mehr an.

4

»Ich weiß, es ist ein bisschen viel verlangt, aber kann ich dein Auto haben? Ich muss nach Rumänien fahren.«

Giulia legte die Gabel weg. »Ist was passiert?«

»Mein Vater ist gestorben.« Johannes sagte es zum ersten Mal und es fühlte sich seltsam an. Wie ein Geständnis, das keine Erleichterung bringt.

Hin und wieder gingen sie in ihren Mittagspausen in das italienische Restaurant, das zwei Querstraßen vom Hörgeräteakustiker entfernt lag. Nicht selten verzog Giulia das Gesicht, wenn sie den ersten Bissen nahm, aber die Kellner dort waren so nett, man konnte ihnen doch nicht sagen, dass einem das Essen nicht schmeckte. Oder einfach nicht mehr auftauchen.

Giulia schloss die Hand um ihre Serviette und zerknüllte sie. Als Johannes sah, dass ihre Augen sich mit Tränen füllten, steckte er sich den letzten Rest Pasta in den Mund und schaute auf den leeren Teller. Ihm schmeckte das Essen hier.

»Das ist überhaupt nicht schlimm«, sagte er, nachdem er fertig gekaut hatte, »ich hab ihn seit Jahren nicht gesehen.«

»Es tut mir leid«, sagte Giulia. Ihre Stimme hörte sich belegt an.

»Muss es nicht.« Mein Vater war ein böser Mensch, ergänzte er in Gedanken und ärgerte sich darüber, dass er es auch nach so langer Zeit nicht einfach laut sagen konnte.

Giulia streckte den Arm aus und legte ihre Hand auf seine. »Isst du das noch?«, fragte er und nickte in Richtung ihres Tellers.

Sie zog die Hand zurück. Ihre Augen waren trocken, nur ihre Nase gerötet. Sie nahm das Besteck aus dem Teller und schob ihn über den Tisch. »Das Auto kannst du haben, ja.«

Er nahm einen Bissen von ihrer Pasta, die bereits kalt geworden war. Giulia musste er nicht erklären, warum er überhaupt zurückfuhr. Warum er, wenn doch alles so egal und seit Jahren so vergangen war, die mehr als fünfzehnstündige Fahrt, das Warten an der Grenze, die verschwendeten Urlaubstage in Kauf nahm, um an den Ort zu gelangen, von dem er unbedingt hatte fortgehen wollen. Das hatten er und Giulia gemeinsam, eine geradezu naive Auffassung davon, was sich gehörte und was nicht. Über welche Verhaltensweisen man den Kopf schüttelte und über welche nicht. Eine Art vererbten Knigge, der sich schon von selbst an der richtigen Stelle aufschlug, noch bevor man überhaupt dazu kam abzuwägen. Oder gar zu überlegen, was vielleicht für einen selbst das Beste sein könnte. Für das eigene Wohl hatte der Knigge keine Benimmregel.

Zum Begräbnis des eigenen Vaters fuhr man jedenfalls. Allein schon der Mutter zuliebe. Der armen Mutter. Die hatte doch jetzt niemanden mehr. Nach der Mutter musste man sehen, man musste sich blicken lassen, wenn der eigene Vater gestorben war. Und dann gab es da noch die anderen, die womöglich etwas über einen denken könnten, und es spielte überhaupt keine Rolle, dass diese anderen für Johannes schon längst nichts Greifbares mehr waren. Keine Personen mit Gesichtern dazu, sondern nur das diffuse Gefühl, etwas unbedingt richtig machen zu müssen, das er über die Jahre nie hatte ablegen können. Dieses Gefühl grassierte in seiner Familie wie eine Erbkrankheit und es machte auch beim Sterben keine Ausnahme.

Der jüngste Bruder seiner Großmutter, so hieß es, war nach Bukarest gefahren und hatte sich ein billiges Zimmer in einem Hotel genommen, um dort vom Balkon im fünften Stock zu springen. Es waren Fremde, die ihn im Hinterhof fanden, doch die Großmutter erzählte die Geschichte, als wäre sie dabei gewesen. Sie erzählte, wie es an dem Tag geregnet hatte und das Blut ihres Bruders in die Pfützen gelaufen war, bis sie aussahen wie schwarze Löcher im Asphalt. In einem Abschiedsbrief entschuldigte er sich für die Umstände, die sein Tod jenen bereiten würde, die ihn fänden.

Der Großvater, der sich zwei Wochen vor Johannes' Geburt umbrachte, bezahlte sein Begräbnis im

Voraus, das Geld dafür hatte er unter einem Brett im Hühnerstall versteckt. Er reparierte, was im Haus kaputt war, strich den Zaun und die Fensterläden, fütterte die Tiere, hackte einen Korb voll Holz, schürte den Ofen an, spülte sein Geschirr und wusch und rasierte sich, bevor er sich in dem Anzug, in dem er bestattet werden würde, an einem Balken in der Scheune erhängte.

Über die Tante, die kurz vor Feierabend in der Fabrik starb, erzählte man in Johannes' Familie, dass sie absichtlich in die Maschine gefasst habe, die sie bis zur Schulter auffraß, bevor jemand das Gerät abstellte. Weil sie nicht selbstsüchtig hatte erscheinen wollen, hatte sie ihren Tod wie einen Unfall aussehen lassen. Keiner sollte ihr vorwerfen können, ihre Kinder im Stich gelassen zu haben.

Es gab einen Katalog an Regeln zu befolgen, wenn man sich als Mitglied seiner Familie umbringen wollte. Wenn die Selbstmörder unter seinen Verwandten gekonnt hätten, sie hätten vermutlich noch ihr eigenes Grab hinter sich zugeschaufelt, um niemandem unnötig zur Last zu fallen.

Nur die Geschichte seines Bruders war eine andere. Der war an einem strahlend schönen Sommertag als Erster vom Feld nach Hause zurückgekommen. Staubig und verschwitzt ging er ins Haus und füllte sich eine Schüssel mit dem letzten Quittenkompott des Vorjahrs. Er schüttete zusätzlich Zucker hinein, setzte sich damit in den Garten, legte die Füße auf den Tisch und aß das Kompott, während er der summenden Hitze zwischen den Obstbäumen lauschte. Nachdem er aufgegessen hatte, ließ er die Schüssel auf dem Tisch stehen. Wespen setzten sich hinein und verklebten sich die Flügel. Der Bruder ging ins leere Haus, holte den Schürhaken und brach den Nachtschrank des Vaters auf. Er nahm die darin liegende Pistole und ging zurück in den Hof, durch die Scheune und nach hinten in den Garten, wo er über den Rand der Kompottschüssel strich und sich die Finger leckte, einen nach dem anderen. Er schaute, wie die Wespen im gezuckerten Quittensaft ertranken, und schließlich in den Nachmittagshimmel, vor dem die Zweige des Apfelbaums lautlos schwankten. Dann schoss er sich mitten in die Stirn.

Die Großmutter fand ihn. Ausgerechnet die Großmutter, weil sie diejenige war, die sonst immer vor allen anderen nach Hause kam. Er hatte das gewusst und selbst das war ihm egal gewesen. Oder er hatte genau das gewollt. Dass sie es wäre, die ihn findet, weil er geahnt hatte, dass keiner sonst so still die Hände über dem Mund zusammenschlagen und eine Weile dort stehen würde, um seinen gekrümmten Rücken zu betrachten. Keiner sonst wäre so sachte an ihn herangetreten und hätte ihm die Hand auf die Schulter gelegt, so als wäre er ein Kind, das geweckt werden musste. Und vielleicht hatte er auch gewusst, dass kein anderer es gewagt hätte, seinen blutigen Kopf zu nehmen, so wie es die Großmutter tat, die ihn in ihren Schoß bettete und in den Himmel schaute, damit sie sein Gesicht nicht sehen musste.

Die Mutter verzieh dem Bruder diese letzte Pflichtverletzung nie. Johannes wusste nicht, wie oft er sie fragen hörte, wie der Bruder ihnen das nur hatte antun können. Irgendwann hatte dieser immer wieder gesagte Satz, die Formel seiner Kindheit und Jugend, ganz und gar seinen Sinn verloren. Er hatte nichts Schockierendes oder Rührendes mehr an sich, keiner reagierte mehr darauf. Er gehörte zu seiner Mutter wie eine unangenehme Angewohnheit, mit der alle gelernt hatten zu leben.

5

Johannes hatte das Spiel erst in Deutschland kennengelernt, zum ersten Mal hatte er es vor Jahren auf Giulias Geburtstagsfeier mit ihr und ihren Nichten gespielt: *Ich packe meinen Koffer und nehme mit …* Krampfhaft hatte er an Gegenstände gedacht, die man auf eine Reise mitnimmt, an Sonnencreme, Badesachen und eine Landkarte, bis er verstanden hatte, dass eigentlich alles erlaubt war, dass man auch die irrwitzigsten Dinge in den Koffer packen und mit einem Pferd, einem nie schmelzenden Eis am Stiel und guter Laune auf die Reise gehen konnte.

Morgen würde er aufbrechen. Er stand vor dem Bett in seinem Schlafzimmer, der Anzug hing an einem Kleiderbügel in der geöffneten Schranktür. Johannes schüttelte einen Pullover aus und faltete ihn neu zusammen. Legte ihn in den Koffer und fragte sich, ob man Anfang April in Rumänien einen Pullover brauchte. Wurde es dort nicht zeitiger Frühling? Regnete es viel im April? Er verschränkte die Arme. Dann ging er zur Kommode und öffnete die Schublade mit den Socken. Griff hinein und zog die Hand wieder zurück. Er wusste nicht, was er mitnehmen musste, er hatte keine Ahnung.

Ich packe meinen Koffer, dachte er und Giulia und die Nichten fielen ihm ein. »Ich packe meinen Koffer«, sagte er laut und nahm drei Paar Socken.

Ich packe meinen Koffer und nehme mit: den Vater und seine Schnapsflasche. Den Vater, von dem ich nichts gelernt habe, außer das Schwimmen.

Ich packe meinen Koffer und nehme mit: eine tote Großmutter und eine lebende. Eine Dorf- und eine Stadtgroßmutter. Eine Großmutter, die ich mehr, und eine, die ich weniger hätte lieben sollen. Eine lebende, die mein größtes Geheimnis kennt.

Ich packe meinen Koffer und nehme mit: den Bruder. Den Bruder, dem wir vorwerfen, dass er uns verlassen hat, bis heute.

Ich packe meinen Koffer und nehme mit: die Angst. Die Angst vor dunklen Gewässern, vor einem Weiher, der wie ein leeres schwarzes Auge in der Landschaft liegt. Die Angst vor Flüssen, nicht vor allen, nur vor solchen, die sich durch Schluchten zwängen. Die Angst vor Geheimnissen, vor Lügen. Und am meisten: die Angst vor einem beigen Mann mit einem Allerweltsgesicht, der, egal wohin ich gehe, immer zuerst da ist.

Ich packe meinen Koffer und nehme mit: eine Schuld. Eine, die mich an der Gurgel hat und würgt, sobald sie mir einfällt. Über die man schweigen muss, denn wenn der Gedanke an sie sprechen könnte, hätte er eine Stimme, der man nicht zuhören kann, ohne verrückt zu werden.

Ich packe meinen Koffer und nehme mit: Ich packe meinen Koffer und nehme mit: Ich packe meinen Koffer und nehme mit:

»Ich weiß wirklich nicht mehr, was als Nächstes kommt«, hatte er gesagt und die jüngere der beiden Nichten gestikulierte, machte Pantomime, wollte, dass das Spiel weiterging.

»Keine Tipps geben!«, rief Giulia und Johannes hob die Hände theatralisch zum Himmel: »Es tut mir so leid, es fällt mir wirklich nicht ein! Unser Koffer ist sowieso schon zu voll. Fangen wir von vorne an?«

Er beschloss, den Pullover mitzunehmen und auch noch einen zweiten. Es konnte in Rumänien nochmal kalt werden im April, mit Sicherheit. Er legte die Pullover im Koffer übereinander, die Socken daneben und trat einen Schritt zurück. Fragte sich, ob sie womöglich das Gepäck öffneten an der Grenze, und beschloss, den Anzug nicht in den Koffer, sondern im Auto auf die Rückbank zu legen.

Johannes sah aus dem Fenster. Das Packen hatte lange gedauert, draußen wurde es Abend. Er musste früh ins Bett gehen, musste Schlaf kriegen. Dabei wollte er hier bleiben. Für immer.

Ich packe meinen Koffer und nehme mit: David.

~

Er konnte sich besser an die glühend rote Wolke über der schwarzen Linie der Bäume erinnern als an Davids Gesicht. Er glaubte, dass David eine schmale Nase gehabt hatte, mit einem leichten Knick in der Mitte. Der Knick sorgte dafür, dass er zwei Gesichter hatte, die linke Hälfte irgendwie voller, weicher, die rechte markanter, aber auch verhärmter. Mit einem dunkleren Schatten unter dem Auge.

Auch an das, was David gesagt hatte, konnte er sich nicht richtig erinnern. Er hatte zu lange auf diese Wolke gestarrt, zu viel darüber nachgedacht, wie rot sie war. Sie hätte zu einem Abend nach einem sehr kalten Regen gepasst, dabei war dafür nicht die Zeit im Jahr.

Es war auch nicht die Zeit, um eine schlechte Nachricht zu hören. Man hatte noch gut die Hälfte des Jahres vor sich, noch zu viele Tage, um an diesen Abend mit der schlechten Nachricht zurückzudenken. Mitten im Jahr neu anfangen, das ging nicht.

»So etwas darf uns nicht noch einmal passieren«, etwas in der Art musste David gesagt haben. Bestimmt sagte er auch: »Wir waren doch total besoffen.«

Johannes konnte sich nicht richtig erinnern. Dafür wusste er noch, dass David ein einziges weißes Haar hinter dem linken oder rechten Ohr hatte, viel zu früh, für ein weißes Haar war er zu jung. David hatte es vermutlich nicht bemerkt, sonst hätte er es ausgerissen.

Und Johannes verriet es ihm nicht. Alles zur falschen Zeit, das weiße Haar, die rote Wolke. Das, was David dann fragte und was Johannes zur Antwort gab.

Sie saßen im Gras, in der Nähe von drei Bäumen, die mitten in der flachen Landschaft beieinanderstanden. David lachte und klopfte mit einem Zweig, den er aufgehoben hatte, auf seinen Oberschenkel. »Ich mein«, sagte er, »wir sind ja nicht verliebt, oder?«

Johannes schaute auf die Wolke. Wie ein regloses Feuer ballte sie sich über den Baumwipfeln.

»Nein«, sagte er. Er sagte es laut und ohne zu zögern und lachte dabei. Er spürte, wie seine Schläfen heiß wurden. »Nein.« Er schüttelte den Kopf. Sein Hals schmerzte, dann seine Augen. Er schaute zu Boden und hielt die Luft an. Als David ihn am Rücken berührte, fuhr er zusammen.

»Vergessen wir es einfach«, sagte er und Johannes hörte die Erleichterung in seiner Stimme. »Wollen wir gehen?«

»Ich bleib noch kurz, geh du schon mal.«

David zögerte. »Es ist in Ordnung«, sagte Johannes. »Ich will nur noch nicht nach Hause.«

David ging schnell, er rannte beinahe. Lief davon. Johannes sah ihm nach, wartete, dass er sich umdrehen und winken würde. Doch er tat nichts dergleichen.

Als David nur noch als verschwimmender Punkt auf dem Feldweg zu erkennen war, ließ Johannes sich auf den Rücken ins Gras fallen. Er öffnete den Mund, bis sein Kiefergelenk knackte, und weinte.

Fast eine Stunde lag er so im Gras, bis er sich beruhigt hatte. Die Wolke schwamm noch eine Weile über ihm, dann wurde sie blasser, wechselte allmählich von Rot in ein rosa eingefärbtes Gelb und verschwand.

Johannes wartete. Er wartete darauf, ein Fahrrad zu hören, dann Schritte, dann eine Stimme. Darauf, eine Hand zu spüren, im Haar, auf dem Rücken, an der Schulter. Er wartete so lange, bis ihm kalt war, bis sein Arm eingeschlafen war und er merkte, dass er Hunger hatte. Dann erst stand er auf, um nach Hause zu gehen.

6

In der Nacht vor der Abfahrt konnte er nicht schlafen und er tat, was er immer tat, wenn er wach lag: Er dachte an das Herzhaus. Ausgerechnet an das Haus, in dem er nie richtig hatte schlafen können.

Er trat durch die erste Tür, lauschte dem Geräusch nach, mit dem sie sich öffnete, befühlte die glatte Klinke und ging hinein in die Winterküche. Wenn er sich genug konzentrierte, konnte er die Schränke öffnen, das Geschirr herausheben, es auf die Anrichte stellen und auf den Tisch, konnte die Gabeln und Messer aus ihren Fächern nehmen, die Schubladen aufziehen und sich erinnern, welche klemmte und sich nur ruckelnd bewegen ließ.

Von diesem Vorhof konnte er hinübergehen in die Kammer der Eltern, deren Geruch ihm in manchen Augenblicken so deutlich in die Nase stieg, dass er sich unwillkürlich umwandte, weil er dachte, die Mutter stünde hinter ihm. Die Mutter, die sich mit nichts anderem als Kernseife wusch und doch immer roch wie die Parfümfläschchen, die er von der Großmutter aus der Stadt kannte. Nicht stark, sondern verfliegend, wie ein Duft, den man am Vortag aufgetragen hatte, zersetzt vom Geruch des Vaters nach

Spiritus und Schweiß. Die dunklen Möbel, der dicke Teppich, das Foto von der Hochzeit der Eltern über der Kommode. Keiner von ihnen lächelte, sie standen nebeneinander wie zwei, die man gegen ihren Willen aneinandergekettet hatte. Nur ihre Schultern berührten sich und ihre Puppenmünder waren verkniffen, so als würde sich dahinter ein unterdrücktes Weinen verbergen.

Johannes hasste dieses Foto. Er hatte es schon als Kind gehasst, weil es ihm das Gefühl gab, dass man es sich in seiner Familie nicht einmal vor seiner Geburt erlaubt hatte, glücklich zu sein. Dass es kein besseres Früher gegeben hatte, dass die jämmerliche Vergangenheit einfach nur in ein jämmerliches Heute übergegangen war.

Wenn er nicht schlafen konnte und durchs Herzhaus ging, blieb er manchmal lange vor dem Bild stehen und versuchte, seinen Eltern andere Gesichter zu geben. Nur an dieser Stelle wollte er die Erinnerung überlisten, aber es gelang ihm nicht.

Er konnte sich losreißen von dem Foto und weitergehen in das düstere Zwischenzimmer, eine verbindende Schlagader zu den hinteren Kammern, in dem ein Schrank stand und Kleiderhaken an der Wand befestigt waren. Er konnte sich von der mit einem Heiligenschein umkränzten Maria milde anlächeln lassen, konnte nachfühlen, wie es gewesen war, ihr Bild dort im Halbdunkel anzusehen und sich zu fürchten. Manchmal hatte er als Kind, von niemandem beachtet und von niemandem gefunden, in der Zimmerecke dem Bild gegenüber gesessen und sie angeschaut. Er war sich so sicher gewesen, dass ihre Augen sich bewegten. Die Angst vor ihr, vor der heiligen Maria, Mutter Gottes, hatte ihm den Hals zugeschnürt. Ein Schrei hatte darin gesessen, bereit, für den Fall, dass sich ihr Blick auf ihn richten, ihn anlodern würde, weil sie alles wusste.

Als Nächstes kam seine Kammer, in der auch das Bett des Bruders stand, bis Johannes fortgegangen war. Wahrscheinlich stand es immer noch dort, das ewig leere Bett, das ihm die meisten Albträume beschert hatte. Doch er hatte nie gewagt zu fragen, ob man es entfernen könne.

Es war die Kammer mit den dunkelsten Nächten, doch auch die mit dem sanftesten Morgenlicht. Nach seinem Gang durchs Herzhaus legte er sich dort ins Bett und ließ die Sonne draußen aufgehen. Durchbrochen von schwankenden Schatten wanderte sie über die Laken. Es war das letzte Bild aus dem Herzhaus, bevor er einschlief oder bevor er, immer noch hellwach, von vorne beginnen musste.

~

Der Wecker klingelte lange vor dem Morgengrauen. Johannes drehte sich noch ein paar Mal von einer Seite auf die andere, spürte, wie ihm alles wehtat, weil er liegen bleiben wollte. Er schaltete das Licht an und weigerte sich zu lüften, weil es ihn fröstelte, als er die Decke zurückschlug. Er drehte stattdessen die Heizung auf. Mit einem schlechten Geschmack im Mund befüllte er in der Küche den Kaffeefilter und schloss die Augen, während er sich an den Tisch setzte, um zu warten.

Von dem Kaffee wurde er nicht wacher, ihm wurde nur schlecht, sodass er nichts mehr essen konnte, obwohl er wusste, dass er den ganzen Tag im Auto sitzen würde. Johannes fühlte sich wie als Kind, wenn die Mutter ihn in der Dunkelheit und bei schneidender Kälte aus dem Haus und zur Schule schickte. Er erinnerte sich, wie er die zugefrorene Straße entlanggeschlurft war und dabei mit offenem Mund die schmerzhaft kalte Luft eingeatmet hatte, in der Hoffnung, krank zu werden. Sehr krank, sodass er den ganzen Winter über nicht mehr zur Schule gehen müsste.

Du bist kein Kind und du musst los. Er saß auf dem Badewannenrand, die Zahnbürste hing im rechten Mundwinkel. Schaum und Speichel vermengten sich und drängten ihn zu schlucken. Er schluckte nicht, sondern spuckte aus, wusch sich, zog sich an. Warf einen letzten Blick auf die Straßenkarte und prägte sich noch einmal den Weg bis nach Wien ein. Dann verließ er mit dem Koffer die Wohnung. Bevor er in Giulias Auto stieg, schaute er auf das Haus zurück und fragte sich, ob das, was er beim Anblick der dunklen Fenster fühlte, Heimweh war.

Zwei Stunden später ging über den vorbeirauschenden Leitplanken die Sonne auf. Johannes schaltete das Radio aus. Das Geräusch des Motors wurde lauter, ein gleichmäßiges Dröhnen, und der Himmel färbte sich erst rosa und dann rot, bevor der erste glühende Streifen am Horizont zu sehen war. Johannes klappte den Sichtschutz herunter, aber die Sonne stand dafür zu tief.

Um kurz vor zehn war er in Wien. Es war die erste Pause, die er eingeplant hatte, und er setzte den Blinker, um die Abfahrt zu einem Parkplatz mit Raststätte zu nehmen. Johannes stellte den Motor ab, sein Geräusch hallte als durchdringendes Summen in der plötzlichen Stille nach. Er fasste sich ans Ohr. Mit der flachen Hand fuhr er über die Ohrmuschel, drückte den Knorpel gegen den Gehörgang, ein paar Mal, nichts veränderte sich, das Dröhnen blieb auf dieser Seite lauter. Er rieb die Fingerspitzen neben dem Ohr aneinander und lauschte, vergeblich. Er schaute in den Rückspiegel, sah seine geröteten Augen. »Lass das«, flüsterte er, löste den Gurt und stieg aus dem Auto.

Es war kalt in Wien. Kalt und windig, er verschränkte die Arme und umfasste seine Ellbogen. Bückte sich nach der Jacke auf dem Beifahrersitz, zog den Schlüssel ab und verriegelte die Tür, bevor er in Richtung Tankstelle ging.

Fast sechshundert Kilometer von hier musste die Mutter längst aufgestanden sein. Musste die Fenster geöffnet, das Bettzeug aufgeschüttelt, den Kaffee auf den Herd gestellt haben. Oder was sie eben tat um diese Uhrzeit. Johannes wusste nicht einmal mehr genau, ob sie überhaupt Kaffee trank, denn sie hatten irgendwann keinen mehr gehabt. Wie der Morgen im Dorf war, das konnte er sich noch irgendwie denken. Vermutlich war er so wie alle Morgen dort, mit Hahnengeschrei und Vogelgezeter und dem Staub, der durchs vordere Fenster drang, wenn ein Auto sich durch die Straße zwängte. Die Hühner musste die Mutter längst gefüttert haben, die gurrten jetzt schon mit vollen Mägen vor sich hin. Der Hund hatte sich sattgestreckt und die Mutter drückte vielleicht die Hand ins Kreuz, das ihr wehtat wie an jedem Morgen. Wie an jedem Morgen war sie blass wie der Tod, weil sie wie jede Nacht nichts geschlafen hatte, und Johannes konnte es ihr jetzt, wo fast alle Kammern des Herzhauses leer waren, nicht verdenken.

In der Raststätte roch es aufdringlich nach Kaffee. Während Johannes in der Schlange stand, die ihm die Sicht auf die ausgelegten Brötchen nahm, fragte er sich, ob die Mutter geweint hatte, als der Vater gestorben war. Ob sie geweint hatte, als sie diesen Brief an Johannes schrieb, ob sie davor oder danach gezittert hatte, weil ihr das leere Haus im Rücken saß, in dem jetzt nichts als Uhren tickten und Balken knackten. Oder vielleicht hatten sich die Eltern in den letzten Jahren auch einen Fernseher angeschafft, der jetzt den halben Tag lang lief und die Aufgabe übernahm, die Stille zu füllen.

Johannes war an der Reihe und musterte die belegten Brötchen. Er bestellte einen Kaffee. Zurück beim Auto stellte er den heißen Becher schnell auf das Dach und schüttelte die Hand. Die Zigaretten waren im Handschuhfach, er kniete sich auf den Fahrersitz, um sie herauszuholen.

Fast sechshundert Kilometer von hier wusste die Mutter, dass er heute kam, und wenn sie sich nicht sehr verändert hatte, saß oder stand sie in der Wohnküche, legte sich die Hand auf den Magen, weil ihr schlecht war von der Aussicht, auch diesen Tag meistern zu müssen.

Er setzte sich auf den Fahrersitz, ließ die Beine nach draußen hängen und schaltete das Radio an. Eine von Giulias Kassetten war eingelegt, ein Mann mit sehr tiefer Stimme sang auf Italienisch, Johannes verstand ein paar Sätze. Er wusste, dass er auch hätte umdrehen können.

Dann würde sechshundert Kilometer von hier die Mutter eben warten, diesmal für immer. Dann würden sie den Vater halt ohne ihn begraben, das Grab ohne Johannes über ihm zuschaufeln, ohne ihn weinen und jammern und sich danach besaufen. Die Mutter würde, wenn alle gegangen waren, ohne ihn ihren Vielleicht-Fernseher einschalten, der die Stimme ersetzen sollte, die sie doch eigentlich ohnehin nicht hatte leiden können. Johannes stellte sie sich auf einer Couch vor, eine Schüssel Popcorn im Schoß. Sie kippte Schnaps in eine Teetasse und sah zufrieden aus, weil sie jetzt endlich ihre Ruhe hatte.

Johannes stoppte die Kassette. Er nahm die Karte aus dem Handschuhfach und sah sich den Weg bis nach Budapest an. Er könnte in Budapest bleiben. Kurzurlaub. Mit dem Finger fuhr er Landstraßen entlang, bis er an sein Ziel stieß. Jetzt wäre ein guter Zeitpunkt, um umzukehren. Oder sich Wien anzuschauen. Wein zu trinken und ziellos herumzulaufen. Er faltete die Karte zusammen. Fünfhundert Kilometer von hier saß Giulia vielleicht mit einem Kunden in der Anpasskabine. Er hätte sie gern angerufen.

Johannes stieg aus, um noch einmal zur Raststätte zurückzugehen. Er musste sich doch ein Brötchen kaufen. Auf halbem Weg spürte er, dass die Luft sich mit Nieselregen füllte, und er lief schneller.

In einer in Kilometern nicht zu messenden Entfernung von hier war David. War tot oder lebendig, war krank oder gesund, war glücklich oder verzweifelt. Dachte an ihn oder dachte nie an ihn. Hasste ihn oder trug ihm nichts nach. Liebte ihn oder nicht. Oder so, wie man eine Erinnerung liebt.

Johannes betrat die Raststätte und sah neben der Kasse ein Regal voller Mozartkugeln. Er griff nach einer Schachtel, um sie der Mutter mitzubringen.

7

Ungarische Landstraßen und Dörfer, von denen eines aussah wie das andere. Es war der Teil der Strecke, der die meiste Konzentration erforderte. Ständig schaute Johannes auf die Uhr. Hinter strahlend weißen Wolken tauchte hin und wieder die Aprilsonne auf. Er kurbelte das Fenster herunter und die Zugluft zwängte sich durch den Spalt, ein flatterndes Geräusch, wie Wind, der an zum Trocknen aufgehängten Laken reißt.

Er kam in das nächste Dorf, eine breite Straße, an die geduckte Häuser stießen. Sie sahen hier bereits so vertraut aus, dass er unruhig wurde. Er schloss fest die Hände um das Lenkrad. Herzhäuser, eines neben dem anderen. Er war noch Stunden von seinem Ziel entfernt und fühlte sich schon angekommen. Schon war alles flach und niedrig und klein, und dann standen vor den Toren auch noch Kisten mit Einweckgläsern, daneben leere Schemel. An den Zäunen hingen Knoblauchzöpfe und er nahm sich vor, für Giulia einen mitzunehmen, wenn er nach Hause zurückfuhr. Nach Hause, dachte er, und das Gefühl vom Morgen, als er auf das Haus zurückgeblickt hatte, war so blass, als wäre er vor Jahren losgefahren. Er nahm die Wasserflasche vom Beifahrersitz und schraubte sie, zwischen die Beine geklemmt, auf. Er nahm einen Schluck und legte sie zurück, bevor er noch einmal auf die Uhr schaute. Es waren nicht einmal zwanzig Minuten vergangen.

Auf einmal tat es einen Schlag, so hart, dass der Schmerz ihm durch die Wirbelsäule fuhr. Sein Kopf flog nach vorne und Johannes trat, ohne nachzudenken, das Bremspedal bis zum Anschlag durch. »Scheiße«, flüsterte er. Er konnte sich nicht an die letzten Minuten erinnern und war sich plötzlich nicht mehr sicher, ob er nicht eingeschlafen war.

Er löste den Gurt und öffnete die Tür. Das Blut schoss ihm in die Beine, als er ausstieg. Er ging um das Auto herum. Das Schlagloch war riesig, Giulias Auto hätte kaputt sein können. Er überprüfte die Reifen, kniete sich hin, um sich den Unterboden anzusehen, und bemerkte nichts Auffälliges, nirgendwo tropfte es, er hatte Glück gehabt. Er richtete sich auf und legte beide Hände aufs Autodach, ließ den Kopf hängen und atmete aus. Dann lachte er.

Er schuldete Giulia mehr als einen Knoblauchzopf, wenn er zurückkam. Einen Knoblauchzopf und die Wahrheit. Das wäre ein Anfang.

~

Es kam ihnen nicht so vor, als würden sie sich auf etwas Lebensbedrohliches vorbereiten. Es fühlte sich kaum anders an als ein normaler Sommer, viele Tage hintereinander, die sie mit Radfahren und Schwimmen verbrachten. Mit dem einzigen Unterschied, dass sie am Weiher die Zeit stoppten, dass sie versuchten, sich jedes Mal um einige Bahnen zu steigern, dass sie das Tauchen übten. Johannes wagte nicht zu sagen, wie sehr ihm der dunkle Weiher, die kalte Stille und die grün eingefärbte Schwärze unter Wasser die Brust zuschnürten.

An einem Tag tauchte David, während Johannes am Ufer saß und den Sekundenzeiger der Uhr im Blick behielt. Bereits nach zehn Sekunden kam er wieder an die Oberfläche. Johannes merkte sofort, dass etwas nicht stimmte. David drehte sich nicht um, er ruderte mit den Armen und schlug mit den flachen Händen aufs Wasser. Trotzdem konnte Johannes hören, wie David seinen Namen sagte.

»Was ist denn?«, rief er, aber David drehte sich noch immer nicht um. Johannes warf die Uhr ins Gras und lief ins Wasser, schwamm zu David, dessen Gesicht er nicht sah. Er spürte, wie viel Kraft er bekommen hatte, wie er, beinahe ohne Anstrengung, auf David zuglitt, so schnell, als trüge er die Schwimmflossen, mit denen sie einmal geübt hatten.

»Was ist?«, fragte er noch einmal, als er David erreicht hatte und ihn an der Schulter berührte. David wandte sich um und Johannes erschrak, denn sein Gesicht war so bleich, dass die Lippen blau wirkten. »Ist was passiert?«

David schaute über das Wasser, ohne zu antworten, bis Johannes ihn leicht schüttelte. Da erst richtete er den Blick auf ihn. »Dieser verfluchte Weiher«, sagte er leise und fing an zu schwimmen, ungeschickt und ruckartig. »Der ist so dunkel«, sagte er und klang zornig. »Stockfinster, man sieht überhaupt nichts.«

Johannes zögerte und schwamm ihm dann hinterher. »Das ist ja nicht erst seit heute so«, sagte er vorsichtig. David sah ihn aus geröteten Augen wütend an und schwieg.

Sie stiegen aus dem Wasser und setzten sich ins Gras. David atmete schwer. Es war später Nachmittag und die Sonne stand so tief, dass die Weiden in der Nähe lange Schatten warfen. Johannes spürte, wie die Haut an seinem Rücken spannte.

»Komm, setzen wir uns in den Schatten«, sagte er. David nickte und rührte sich nicht. Als das Brennen in seinem Nacken zunahm, wollte Johannes aufstehen, aber David packte ihn am Handgelenk.

»Die Donau wird noch dunkler sein«, sagte er. Er sah nach oben, suchte Johannes' Blick. Johannes versuchte zu lächeln und sich Davids Griff zu entziehen. Doch der ließ nicht los.

Johannes ging neben ihm in die Hocke und schaute auf den Weiher. Das Auge des Teufels, die Grube, die der Teufel höchstpersönlich ausgehoben hatte. Bis zur Hölle hatte er das Loch gegraben, am Grund lag der Eingang. Lauter blödsinnige Geschichten über dieses tiefe, seltsam kreisrunde Gewässer, das wie ein Tintenfleck in der Landschaft lag, und von denen sie beide zu viele zu oft gehört hatten, um sie abschütteln zu können. Nur der Vater glaubte solche Geschichten nicht. Er hatte Johannes hier das Schwimmen beigebracht.

»Wir werden ja zu zweit sein«, sagte Johannes, weil ihm nichts Besseres einfiel. Er erwartete, dass David wieder wütend werden würde, doch er sah beruhigt aus. Wie ein Kind, das man nach einem Albtraum mit einem Versprechen ins Bett zurückschickt. Seine Schultern entspannten sich.

»Gehen wir jetzt in den Schatten?«, fragte Johannes.

8

Die erste Zeit in Deutschland verging mit Arbeit und in Einsamkeit. Im Nachhinein konnte Johannes die Wochen und Monate nur anhand der Jobs auseinanderhalten, die er wahllos gesucht und angenommen hatte. Er kippte in einer Bäckerei Brötchen in Körbe und platzierte akkurat geschnittene Tortenstücke auf Papptellerchen. Er ließ sich von schlecht gelaunten Rentnern belehren, dass Pflaumen und Zwetschgen ein und dasselbe seien, und er berichtigte sie nicht. Er verdiente vier Mark fünfzig die Stunde und brauchte Wochen, um zu verstehen, dass das wenig war und dass die Inhaberin mit der blondierten Dauerwelle ihm das Geld deshalb in bar gab, weil sie ihn nicht angemeldet hatte. Er kündigte zum ersten Mal in seinem Leben.

Für einen Partyservice schleppte er Teller von der Küche an die Tische und von den Tischen zurück in die Küche. Das übrig gebliebene Essen durfte er in Plastikschalen mit nach Hause nehmen. Er aß wie ein König, bekam sechs Mark fünfzig die Stunde und fing gleichzeitig halbtags in einem Supermarkt an der Kasse an. Wenn er sich im Anschluss an das Kellnern weit nach Mitternacht ins Bett legte, hörte er das Piepen der Kasse bis hinein in seine Träume. Eine Zeit lang hörte er es so deutlich, dass er Angst bekam, es würde nie wieder aufhören.

Er kannte niemanden. Er kannte zwar einen Haufen Leute mit Namen, fragte sie zur Begrüßung, wie es ging, und sie fragten ihn dasselbe, aber niemand von ihnen hätte sich die Zeit nehmen können für eine ehrliche Antwort. Wenn sie Pause hatten und rauchten, dann redeten sie über die Arbeit, warnten einander vor den Leuten an Tisch fünf, die mit jedem Glas Rotwein lauter und aggressiver wurden, rauchten schnell und hastig, sodass ihnen die Augen tränten, vor Hintereingängen und auf Lieferantentreppen, auf die, so zumindest erinnerte sich Johannes, an fast allen Abenden irgendeine Art von Regen fiel. Selbst wenn es nicht regnete, war es meistens kalt, nasskalt oder klirrend kalt, es war jedenfalls nie richtig Sommer, wenn er an diese Zeit zurückdachte. An milde Nächte, an einen sanften Wind konnte er sich ums Verrecken nicht erinnern. Und eben auch nicht daran, jemanden gekannt zu haben. Die Gesichter und Namen der Leute aus diesen Monaten flossen ineinander, so als hätte er es in Wirklichkeit nur mit einer einzigen Person zu tun gehabt, die immer dort war, wo er auch hinmusste, ihn immer dasselbe fragte, ihm immer dasselbe sagte, immer mit ein und demselben Gesicht.

Die Zeit mit dem Kellnern und dem Supermarkt war die schlimmste, danach war er drei Monate lang arbeitslos. Man gab ihm einen Termin auf dem Arbeitsamt, um acht Uhr morgens, und er war so müde, dass er am liebsten einfach wieder nach Hause gegangen wäre. Als der Mitarbeiter hinter dem Tisch von seinen Papieren aufblickte und ihn fragte, was er denn gerne als Nächstes machen würde, wollte Johannes antworten: Mich ausruhen.

»Ich nehme alles«, sagte er stattdessen.

Der Mann schob Johannes ein Blatt Papier über den Tisch. »Ein Hörgeräteakustiker sucht eine Sprechstundenhilfe.« Er machte eine Pause, zog die Anzeige noch einmal zu sich heran und bewegte die Lippen, während er sie überflog. »Mit Option zur Ausbildung«, las er vor und legte Johannes das Papier wieder hin.

»Zu was?«, fragte Johannes.

»Zum Hörgeräteakustiker.«

Johannes schwieg. Er hatte keine Ahnung, was gemeint war.

»Da passen Sie Hörgeräte an für Menschen mit Schwerhörigkeit«, erklärte der Mann, als er Johannes' Blick bemerkte.

»Ah.« Er zögerte. »Ist das sowas wie ein Arzt?«, fragte er schließlich.

»Nein«, der Mitarbeiter verschränkte die Hände auf dem Tisch, »das ist ein Ausbildungsberuf. Offenbar sucht der Meister jemanden, der bereit wäre, auch eine Ausbildung bei ihm anzufangen. Trauen Sie sich das zu?«

Johannes wollte schon den Kopf schütteln, riss sich dann aber zusammen.

»Ja«, sagte er, »ich denke schon.«

Der Mitarbeiter musterte ihn. »Reden Sie mit dem Mann«, sagte er. »Schildern Sie Ihre Situation, dass Sie noch im Wohnheim sind und so weiter. Das mit der Ausbildung kann ja eventuell noch ein wenig warten.«

Johannes nickte. Er legte die flache Hand auf das Blatt und zog es zu sich heran.

Er bekam den Job. Und tat, was ihm geraten worden war. Er ließ die Worte »geflüchtet« und »Übergangswohnheim« fallen und verschränkte dabei so fest die Hände im Schoß, dass seine Finger taub wurden. Doch am Ende hatte er eine Zusage und der Mitarbeiter auf dem Amt hatte recht gehabt: Das mit der Ausbildung konnte warten.

Ab da setzte bei Johannes zum ersten Mal, seitdem er in Nürnberg angekommen war, so etwas wie ein Zeitempfinden ein. Er hatte feste Arbeitszeiten, hatte ein gutes Gehalt und genügend Schlaf. Nach dem Ende seiner Probezeit fühlte er sich sicher genug, aus dem Zimmer im Wohnheim auszuziehen. Die frei werdende Wohnung war die einer Kundin von Johannes' Chef, die ins Pflegeheim musste.

Es war ein Frühsommerabend, als er in die wenig befahrene Straße einbog und sein Blick die Hausnummern entlangglitt, auf der Suche nach der 27. Viele Fenster standen offen, Johannes hörte Radios, Fernseher und roch, dass Abendessen gekocht wurde. Als er die 27 sah, das Haus mit dem braunen Sockel unter den Fenstern im Erdgeschoss, blieb er eine Weile davor stehen. Er stellte sich vor, dass es für ihn schon in wenigen Wochen normal sein würde, dieses Haus zu betreten.

Er zog den Schlüsselbund, den ihm der Vermieter am Vormittag ausgehändigt hatte, aus der Tasche. Dass es ungewöhnlich sei, dass Johannes die Wohnung vorher nicht einmal würde sehen wollen, hatte der Vermieter gesagt. Dass sie die paar Straßen doch schnell hinüberfahren könnten, es dauere höchstens zehn Minuten.

»Ich will mich überraschen lassen«, sagte Johannes und setzte seinen Namen unter den Mietvertrag. Den ganzen Morgen über war er nervös gewesen, doch in dem Moment, als er unterschrieb, wurde er ruhig.

Die Eingangstür war schwer, der Lack an einigen Stellen geplatzt, sie knarrte durchdringend beim Öffnen und schlug hinter Johannes laut zurück ins Schloss. Im Treppenhaus roch es nach altem Holz und dem schon halb verflogenen Duft von Hackbraten.

Das Herz schlug ihm bis zum Hals, als er vor der Tür stand, auf deren Klingelschild es noch keinen Namen gab. Er suchte den richtigen Schlüssel und drehte ihn zweimal im Schloss. Es klickte und er betrat die Wohnung. Draußen dämmerte es allmählich, deshalb war es im Flur halbdunkel, über der Leere, die im Hellen vielleicht trostlos gewirkt hätte, lagen beruhigende Schatten. Johannes sah, dass in allen Räumen Teppichboden ausgelegt war, und zog die Schuhe aus. Der Boden kratzte an seinen Socken, er roch so, als wäre er kurz zuvor chemisch gereinigt worden.

Vorsichtig ging Johannes von Zimmer zu Zimmer, so leise, als würde jemand hier schlafen, den man nicht aufwecken durfte. Die Fenster ließ er noch aus, erst warf er einen Blick ins Badezimmer. Durch ein kleines Quadrat aus Milchglas fiel Licht auf dunkelgrüne Kacheln, es gab mehr Fugen als Fliesen und eine Badewanne unter dem Fenster. Er betrat die Küche, die man mit einer Falttür verschließen konnte. Die Einrichtung war in die Jahre gekommen, braune Hängeschränke und ein cremefarbener Fliesenspiegel, auf dem sich drei Rosen kräuselten.

Den kleineren der beiden Räume sah er sich zum Schluss an. Das letzte blaue Licht ließ die frisch gestrichenen Wände leuchten. Das Zimmer ging zum Hof hinaus und diesmal trat Johannes ans Fenster. Der Hof war ein rechteckiges Stück Wiese, auf der einen Seite ein Sandkasten mit einer Wippe und einer Schaukel. Auf der anderen ragten mehrere Metallstreben in die Höhe, zwischen denen Wäscheleinen gespannt waren. Auf einer davon hing Bettwäsche. Der Wind fuhr in die bereits getrockneten Kopfkissenbezüge und blähte sie. Sie strahlten weiß.

Johannes lehnte den Kopf gegen den Fensterrahmen. Er hörte, dass über ihm jemand mit schnellen, festen Schritten lief, ein Kind vielleicht. Er schloss die Augen und lauschte. Blieb dort stehen, so lange, bis es dunkel war.

~

Die Wohnung füllte sich nur langsam. Johannes mochte die Leere, den Hall in den Räumen zu sehr, um sie gleich vollständig einzurichten. Es hätte ihm auch das Geld dafür gefehlt. Ohne es zu planen, war eines der ersten Dinge, die er hatte, ein Fernseher. Sein Chef fragte ihn, was er noch für die Wohnung brauche, und weil Johannes sich nicht traute, ehrlich zu antworten, sagte er zum Spaß: »Einen Fernseher.« Am nächsten Tag nach Feierabend fuhr ihn sein Chef nach Hause, zusammen mit einem kleinen Gerät auf der Rückbank, das unbenutzt bei ihm im Keller gestanden war.

»Ich kann beim Tragen helfen«, sagte sein Chef.

»Nein, wirklich, bei mir ist noch völliges Chaos. Aber danke.«

Johannes stellte den Fernseher im Wohnzimmer

auf den Boden, nicht zu nah und nicht zu weit weg von der Matratze, auf der er im selben Raum schlief. Als das erste Bild zu sehen war und der Ton sich zu vollständigen Sätzen fügte, spürte er, wie sich die Haare auf seinen Armen aufstellten. Er schaltete den Fernseher wieder aus und lauschte in die Stille, die durchbrochen war von gluckernden Rohren hinter den Wänden und den Geräuschen eines Autos, das draußen vorbeifuhr. Er drückte noch einmal auf den roten Knopf der Fernbedienung und regelte die Lautstärke dann so weit herunter, bis er kaum noch etwas verstand und der Ton lediglich ein leises Raunen war.

Johannes ging nacheinander ins Bad, in die Küche und ins Schlafzimmer. In jedem Raum war das Geräusch noch ein wenig zu hören. Im Flur kniete er sich hin und legte die Hände auf den Boden. Er hielt den Atem an. Irgendwann glaubte er, den Ton als Vibrieren unter den Fingern zu spüren. Obwohl er wusste, dass das vermutlich nur Einbildung war, lächelte er.

In den nächsten Wochen machte er den Fernseher nur spätnachts und wenn er zur Arbeit ging aus. Er schlief davor ein, wachte irgendwann, geblendet vom Bildschirm, auf, drückte auf Aus und drehte sich mit dem Gesicht zur Wand. Wenn er morgens aufstand, schaltete er als Erstes das Gerät wieder an. Bevor er Duschen ging, regelte er die Lautstärke hoch. Nur an den Wochenenden kam ihm der Gedanke, dass er etwas tat, was nicht ganz normal war. Er sah so oft Nachrichten, bis er die Meldungen fast auswendig kannte, starrte minutenlang auf Werbespots, bevor ihm einfiel, das Programm zu wechseln. Wenn er aus dem Zimmer mit dem Fernseher ging, fühlte er sich benommen. Ein tiefes Summen saß ihm in beiden Ohren, während er sich im Badezimmerspiegel betrachtete.

Sein Gesicht war bleich, er hatte bläuliche Augenringe und neben der Nase rote Flecken. Johannes machte eine Faust und drückte sie gegen den Spiegelschrank. Als er ein Knacken hörte, wich er erschrocken zurück. Danach riss er ein Stück Klopapier ab und versuchte, den Fleck vom Spiegel zu reiben.

Giulia lernte er an dem Tag kennen, als er zum ersten Mal zu spät zur Arbeit kam, weil er vor dem Fernseher noch einmal eingeschlafen war. Es waren nur fünfzehn Minuten, aber er war nervös und wütend auf sich selbst, als er, die Ladentür im Blick, die Straße bei Rot überquerte.

»Da kommt er ja«, sagte sein Chef, als Johannes die Tür öffnete. »Wir haben gerade über Sie gesprochen.«

»Tut mir leid, ich hab meine U-Bahn verpasst«, sagte Johannes. Sein Chef stand zusammen mit einer Frau vor der Anmeldetheke.

Johannes schlug sich die Hand gegen die Stirn. »Entschuldigung. Ich hab ganz vergessen, dass Sie heute kommen.« Er machte zwei Schritte nach vorne und streckte die Hand aus.

»Ja, Herr Seeler, das ist Frau Invernizzi. Sie hat gerade ihre Gesellenprüfung absolviert und wird jetzt bei uns anfangen.«

»Giulia«, sie nahm seine Hand, »freut mich.«

Johannes erwiderte ihr Lächeln. »Freut mich auch.«

~

Giulia war noch nicht lange bei ihnen, als Johannes' Chef einen Herzinfarkt hatte. Es ging ihm schnell wieder besser, aber er würde einige Zeit krankgeschrieben sein.

»Der Laden sollte offen bleiben, Sie kriegen das auch ohne mich hin. Rufen Sie mich an, wenn etwas ist«, sagte er am Telefon.

Giulia und Johannes hielten den Hörer zwischen sich in der Mitte. Johannes warf Giulia einen Blick zu, tippte auf den Kalender und hob hilflos die Hände. Sie musterte ihn nachdenklich. »Kriegen wir schon hin«, sagte sie schließlich in den Hörer und klang überzeugter, als sie aussah. »Werden Sie wieder gesund.«

»Wo ist der Chef?«, fragten die Leute, wenn Giulia

ihnen in den folgenden Tagen und Wochen die Hand gab. Das Misstrauen auf ihren Gesichtern blieb, selbst nachdem sie ihnen erklärt hatte, er sei krank und sie werde eine Zeit lang seine Termine übernehmen.

»Wer sind Sie?«, fragten manche und Giulias Mundwinkel zuckten. »Frau Invernizzi. Ich mache heute die Anpassung mit Ihnen.«

»Morgen kommt jemand, der ziemlich schwierig ist«, sagte Johannes in der zweiten Woche zu Giulia. Der Mann hatte einen Vermerk in ihrer Kartei, er hatte bei seinem letzten Termin mitten im Hörtest die Anpasskabine verlassen, Johannes' Chef einen Stümper genannt und war gegangen. Es war seine Frau gewesen, die anrief, um sich für ihn zu entschuldigen und einen neuen Termin auszumachen.

»Inwiefern schwierig?«

»Der Mann hört schon unheimlich schlecht, will aber auf keinen Fall ein Hörgerät. Irgendwann ist er einfach aufgestanden und gegangen.« Johannes verzog das Gesicht. »Er spinnt. Wenn du willst, ruf ich bei ihm an und sag, dass wir den Termin verschieben müssen.«

»Nein«, Giulia winkte ab, »nein, er soll nur kommen.« Sie rieb sich den Nacken und drehte den Kopf nach links und rechts. Johannes hörte ein Knacken. »Es ist doch ganz schön viel, wenn man alleine ist.« Sie lachte. »Ich hab Halsschmerzen. Wenn ich jetzt krank werde, dann musst du alles machen.«

»Es wäre ja kein Weltuntergang, mal ein paar Termine zu verschieben«, sagte Johannes.

Giulia stemmte die Hände in die Hüften und sah durchs Schaufenster auf die Straße. Es regnete schon den ganzen Vormittag und das erste Herbstlaub klebte dick und nass auf dem Asphalt.

»Interessiert es dich denn nicht ein bisschen?«, sagte sie plötzlich und drehte sich zu ihm.

»Was?«

»Die Arbeit hier. Du bist doch nicht blöd, Johannes. Willst du dein ganzes Leben lang Batterien verkaufen und Geburtstagskarten verschicken?«

Er verschränkte die Arme vor der Brust und rollte mit dem Stuhl ein Stück zurück. »Ich bin froh, überhaupt mal eine vernünftige Stelle zu haben.«

Giulia sah ihm in die Augen. Sie legte einen Arm auf die Theke und stützte das Kinn in die Hand. »Schau doch einmal zu«, sagte sie und klang dabei, als würde sie ein Kind überreden wollen, seine Schuhe jetzt endlich einmal selbst zu binden. »Ich zeig dir alles.«

»Ja«, sagte Johannes zögernd, »ja, okay. Aber nicht heute.«

Als Giulia wieder in ihrem Sprechzimmer war, ging er vor die Tür und zündete sich eine Zigarette an. Fröstelnd sah er dem Rauch nach, wie er unter dem Vordach hervorkroch, um dann vom Regen durchsiebt zu werden. Wenn das Telefon nicht klingelte und niemand kam, konnte er hier stehen, bis seine Füße eiskalt waren und sein Rachen vom Rauchen trocken wurde. Es gab viele solcher Momente und das war nicht das Schlechteste. Weil es bedeutete, dass er eine Wohnung hatte, einen Fernseher und genug Schlaf. Dass er nicht nach Mitternacht, zittrig vor Hunger und mit schmerzenden Beinen, in der Küche eines Wohnheims stehen musste, um sich Essen aufzuwärmen. Dass er sich nicht todmüde im Bett von einer Seite auf die andere drehte, bis es wieder Zeit war aufzustehen. Dass er nicht schlotternd vor Fieber an einer Supermarktkasse saß. Es war alles in Ordnung. Es lag eine träge Zufriedenheit in diesen Momenten, wenn er hörte, wie in der nahen Grundschule die Pause begann und die Luft von Kindergeschrei anschwoll, als hätte jemand einen Regler bedient, der eine Viertelstunde später langsam wieder in die andere Richtung geschoben wurde.

Wenn er die Zigarette zwischen den Lippen hielt und das Feuerzeug in seiner gewölbten Hand klickte, konnte er selbst das Geräusch seines Atems ertragen. Er brauchte dann keinen Fernseher, der die Aufgabe übernahm zu übertönen, dass Johannes da war, dass er dachte, Luft holte und schluckte. Zum ersten Mal seit langer Zeit kannte er wieder Langeweile. Nicht das Schlechteste. Nur wenn er die Langeweile zu genau ansah, sie von einem Moment ablöste und sie in Gedanken auf die nächsten zwei, drei oder fünf Jahre legte, spürte er ein Unbehagen, das er schon kannte. Mit einem solchen Unbehagen, das wusste er, konnte man sich sogar dazu entschließen, mitten in der Nacht einen Fluss zu durchschwimmen. Komme, was wolle.

9

Wie die Sonntage früher gewesen waren: laut. Selten war man allein. Selten kam niemand vorbei. So gut wie nie blieb der Tisch unter der Laube leer und sauber oder das Tor einen ganzen Sonntag lang geschlossen. Kaum einmal gab es nichts, was jemand vorbeibringen wollte, gab es nichts, was man selbst vorbeibringen musste. Selten konnte Johannes in seinem Zimmer bleiben, fast immer musste er sich blicken lassen, um Guten Tag zu sagen, und dann saß man Stunde um Stunde da, tischte auf und räumte ab und lauschte Gesprächen, die sich in immergleichen Kreisen um einen Kern bewegten, den niemand zu kennen oder kennen zu wollen schien.

Johannes fragte sich oft, warum an diesen Sonntagen alle Toten mit am Tisch saßen, nur der Bruder nicht. Über alle Toten wurde geredet, als könnten sie jeden Augenblick durch das Tor kommen. Man sprach mit einer Lebhaftigkeit über sie, als würde man sie heute noch kennen, als würde man sie besser kennen als die Lebenden. Nur der Bruder hatte keinen Zugang zu diesem Erzählen, der Bruder, so schien es Johannes, war viel toter als irgendwelche Urgroßtanten fünfundzwanzigsten Grades. Hatte er sein Recht verwirkt, hier am Tisch zu sitzen, weil er freiwillig und jung gestorben war?

Wie die Sonntage später waren: still. In die Stille wollte eine Uhr ticken, wollte ein Auto fahren, sich von draußen ein Motor einschleichen, um Sekunden später zu verschwinden, wollte jemand hupen, direkt unter dem Fenster, sodass man zusammenfuhr. In die Stille wollte ein Kind fallen mit einem Laufrad, wollte weinen, dann schreien, jemand wollte beschwichtigen. In die Stille hätte ein Streit tönen können, von oben zum Beispiel, hätte so laut werden können, dass man zur Decke schaute. Dass man die Augenbrauen hob, wenn eine Tür knallte oder etwas schepperte, von dem man dachte, es müsse ein Teller sein, und man sah abfällig zum Küchenschrank, weil man nicht verstand, wie man für ein wenig Theatralik einen Teller opfern konnte.

Doch in Johannes' Stille drang nur der Fernseher. Er wollte nichts hören vom Regen an seinem Fenster oder einer eingenisteten Wildtaube in der Dachrinne. Schon gar nicht wollte er ein Knacken am Gaumen hören, wenn er schluckte, wollte er merken, ob seine Knöchel ein Geräusch machten, wenn er von einem Raum in den anderen ging, wollte er wissen, wie es sich anhörte, wenn er seufzte. Vor Langeweile oder Erschöpfung.

»Was machst du am Sonntag?«, fragte Giulia. Sie stand vor ihm an der Empfangstheke, wo sie ihre Termine für die nächste Woche durchgingen. Mittlerweile hatte sie viele eigene Kunden. Die Leute mochten sie, manchmal schaffte Giulia es, dass sie nicht resigniert, sondern hoffnungsvoll aussahen, wenn sie sie verabschiedete.

Johannes ließ die Kugelschreiberspitze auf dem Dienstag ruhen und sah zu ihr hoch. »Ich hab nichts Besonderes vor«, sagte er vorsichtig. »Wieso?«

»Gut«, sie klopfte mit der flachen Hand auf den Tresen. »Ich brauche eine Begleitung für eine Taufe.«

»Begleitungen braucht man doch nur für Hochzeiten.«

»Ja? Egal. Ich will jedenfalls nicht den ganzen Sonntag nur mit meiner Familie herumsitzen. Und du kriegst Essen umsonst.«

Johannes beugte sich wieder über den Kalender. Jeder Tag hatte Spalten für die Uhrzeiten, die sich fast immer von 8 bis 18 Uhr füllten. Es lief gerade gut. Giulia würde Einiges zu tun haben in den nächsten Wochen.

»Giulia.«

»Hast du keine Lust?«

»Was?«, Johannes löste den Blick von den Terminen. »Ja, doch, danke, wenn das für deine Familie in Ordnung ist.«

Sie zuckte die Achseln und machte eine wegwerfende Handbewegung.

Johannes holte Luft. »Meinst du«, sagte er und rieb

sich mit dem Zeigefinger die Schläfe, »wir haben am Sonntag auch mal Zeit, über meine Ausbildung zu reden?«

»Johannes«, sagte sie und schlug die Hände zusammen. »Johannes, wenn du Hörgeräteakustiker wirst, wer organisiert mir dann noch meinen Terminkalender?«

Er lachte. »Vielleicht musst du dir bald jemand anders dafür suchen.«

Er trug einen Namen für Dienstag 11 Uhr ein. Johannes hatte die Person sofort vor Augen, ein Mann, der Giulia bei seiner Verabschiedung so herzlich die Hand geschüttelt hatte, als hätte sie ihm das Leben gerettet.

~

Ohne dass er danach verlangt hätte, gab ihm Giulia eine zweite Familie. Eine mit zu langen Sonntagen, an denen man bis in den späten Nachmittag bei zu viel Wein und zu wenig Wasser, mit einem schlechten Geschmack im Mund und dem ständigen Bedürfnis nach frischer Luft in einer immer etwas zu dunklen Wirtsstube saß, während Kaffee, Alkohol, Spanferkel und Eis mit heißen Himbeeren im Magen eine ungesunde Mischung eingingen. Man war die ganze Zeit ein wenig zu müde und ein wenig zu nah daran, Kopfschmerzen zu bekommen. Man malte mit der kleinsten Nichte das zigste Bild aus und stieß zum soundsovielten Mal mit dem Onkel an, dessen Blick schon seit einer Weile nichts mehr festhielt. Man setzte sich neben die stillste Person am Tisch, die am schlechtesten hörte und deshalb nur wenig zum Gespräch beitrug.

»Wie hat es Ihnen geschmeckt?«, fragte Johannes Giulias Großmutter und wiederholte den Satz noch einmal, als sie ihn ansah.

»Sehr gut, sehr gut«, sagte sie, machte das »sehr« lang und dabei große Augen und Johannes hörte, wie sie sich bemühte, ihre Stimme zu kontrollieren. Sie hatte dichtes Haar, trug goldene Ohrringe und eine Bluse mit einem Muster aus glitzernden Blumen. Johannes wusste, dass sie ein Hörgerät hatte, das sie nur zum Fernsehen nutzte und wenn sie zum Arzt ging. Er wusste auch, dass es anstrengend für sie war, sich mit ihm in der Wirtschaft zu unterhalten, deshalb setzte er sich an den meisten dieser Sonntage neben sie, ohne viel zu reden, höchstens darüber, ob es geschmeckt habe, darüber, wie schlecht das Wetter sei und ob man noch etwas bestellen solle.

»Wann hast du Urlaub?«, fragte sie ihn plötzlich und legte ihm kurz die Hand auf den Arm.

»Urlaub?« Er sah sie erstaunt an. »Ich hab noch nichts geplant, wieso?«

»Du musst nach Italien«, sagte sie, mit einer Ernsthaftigkeit, dass er lachen musste.

»Oh ja.« Giulia rückte ihren Stuhl näher. »Wann hast du das letzte Mal Urlaub gemacht?«

In Rumänien am Schwarzen Meer, dachte Johannes und ein sehr helles, sehr weißes Bild blitzte auf und verschwand, bevor er es hätte festhalten können.

»In Deutschland noch gar nicht.«

»Also dann«, sagte Giulia, »Italien.«

»Nach Caorle muss er«, sagte ihre Großmutter.

»Doch nicht nach Caorle! Das war früher vielleicht mal schön, jetzt ist es so ein Touristennest.«

Ihre Großmutter verschränkte die Arme. »Es ist schön da.«

»Ja, früher, früher, aber heute doch nicht mehr.« Giulia wandte sich zu Johannes. »Sie hat meinen Großvater dort kennengelernt«, sagte sie.

Die Großmutter beugte sich nach vorne. »Was sagst du?«

»Dass du dein Hörgerät tragen musst, das sag ich.«

Die Großmutter presste die Lippen aufeinander.

»Ich bin doch ein Tourist«, sagte Johannes laut. Er schlug die Hände zusammen. »Also fahre ich nach Caorle.«

Er und die Großmutter lächelten einander zu, Giulia schüttelte nur den Kopf.

In Familien lebt man eine Weile, fühlt sich aufgehoben oder nicht. Man erträgt Einiges und überhört Vieles, man steht selten einfach auf und geht. Man sagt kaum einmal, was man wirklich denkt, wundert sich über diese Menschen, die man, würde man ihnen als Fremde an einem anderen Ort zufällig begegnen, vermutlich kein zweites Mal sehen wollen würde. Man liebt, obwohl man nicht will, und verachtet noch leidenschaftlicher. In Familien stirbt man.

Selbst wenn man einmal einfach aufgestanden und gegangen ist, selbst wenn man sich entfremdet und abgewandt hat, ist der Tod wie ein Magnet, der noch einmal alle um eine Mitte versammelt. Und auch an dem Tag, als Giulias Großmutter beerdigt wurde, war der Friedhof voll. Es war ein strahlend heller und windiger Tag, an dem man ständig Haare im Gesicht hatte, an dem die Kleider wie Fahnen flatterten. Schwarze Strumpfhosen und schwarze Krawatten, Sonnenbrillen, an denen das Licht entgleiste. Es brach sich in Johannes' Augen, der keine Sonnenbrille trug und an dem Tag weinte, heulte wie ein Schlosshund, der sich nicht einkriegte und sich gleichzeitig schämte. Beim Ave Maria, das ein Streichtrio in der Kapelle spielte, fing er an zu weinen, er weinte auch, als er eine Blume in das offene Grab warf. Und Giulia, die an dem Tag bleich, aber gefasst war, sah ihn immer wieder an, mit einem Blick, als verstünde sie die Welt nicht mehr.

10

Die Vorhänge im Hotelzimmer waren dünn und der helle Stoff ließ sich nicht ganz zuziehen. Als das Morgenlicht unter Johannes' Augenlider kroch, drehte er sich in den nach chemischem Reiniger riechenden Laken auf die andere Seite. Seine Kopfhaut juckte. Nachdem er eine halbe Stunde wachgelegen war, stand er schließlich auf und riss am Fenstergriff, bis endlich kalte Morgenluft ins Zimmer drängte. Er schaute hinaus auf die noch menschenleere Straße, in die er am Abend zuvor eingebogen war. Temeswar war im Dunkeln an ihm vorbeigezogen, gelbe Lichter und unleserliche Straßenschilder, er hatte Mühe gehabt, sich zu orientieren.

In zwei Stunden, so hatte er gestern in der Telefonzelle des Hotels erfahren, würde der Onkel ihn abholen und ins Dorf mitnehmen. Johannes lehnte den Kopf gegen den Fensterrahmen. Er wusste nicht, ob er wirklich die ganze Nacht kaum geschlafen hatte oder ob er nur stundenlang von dem Zimmer um sich herum geträumt hatte. Er ging ins Bad und wusch sich das Gesicht. Die Haut wurde nicht weniger fahl davon, er sah verquollen aus.

Als Johannes das Hotel verließ, stand ein verstaubter Dacia schon mit laufendem Motor vor dem Eingang. An die Beifahrertür gelehnt wartete der Onkel auf ihn.

»Hast nichts geschlafen heut' Nacht?«, fragte er und streckte ihm die Hand hin. Johannes schüttelte sie und wusste nicht, warum er von dieser Begrüßung nach Jahren des Schweigens eigentlich überrascht war.

»Furchtbar schaust aus«, fügte der Onkel hinzu, mit einem Zittern in der Stimme, das andeuten sollte, dass das alles ja auch ein furchtbarer Anlass war, ganz schrecklich, zum Weinen. Er drückte Johannes die Finger zusammen, holte bebend Luft und ignorierte, dass Johannes den Unterarm anspannte, um die Hand zurückzuziehen.

»Schlimm«, keuchte der Onkel und Johannes roch, dass er getrunken hatte, »schlimm, so alt war er noch nicht. Weißt, aber krank war er, sehr«, er holte noch einmal Luft, »sehr krank.«

»Er war halt ein Säufer«, wollte Johannes sagen. Stattdessen nickte er und schaute am Onkel vorbei auf das Auto. Auf dem Rücksitz erkannte er die Cousinen seines Vaters, sie reckten die Köpfe in seine Richtung. Die eine hob zögerlich die Hand, Johannes sah, dass ihre Unterlippe bebte. Ruckartig löste er sich aus dem Griff des Onkels. »Wollen wir dann?«

Es war eine etwa halbstündige Autofahrt. Sie fuhren die Landstraße entlang bis zu einer Abzweigung, über die Zugschienen gelegt waren, holperten darüber. Dicke Eichen säumten die Straße, ihre Kronen krümmten sich in die Fahrbahn. Beunruhigend schnell rauschten die Bäume an ihnen vorbei. Johannes' Magen zog sich zusammen, nicht wegen der Geschwindigkeit, sondern wegen der Landschaft, der Vertrautheit der Schatten, die die Frühlingsknospen auf die Straße warfen und die durchs Auto flackerten, über die Gesichter, über Johannes' Hände, die er im Schoß verkrampfte. Er nahm die Sonnenbrille aus der Brusttasche und setzte sie auf. Das Dorf war nicht mehr weit.

Das Atmen fiel Johannes schwer in dem stickigen Dacia, erst recht bei all dem Schluchzen, das auf einmal einsetzte, als sie das Ortsschild passierten. Sein Blick heftete sich daran, seine Gedanken hängten sich an die Buchstaben. Er bewegte die Lippen und hätte ihn gern laut gesagt, den Ortsnamen, den er jahrelang vermieden hatte, nicht aber aus seinem Kopf hatte verbannen können. Wie ein Code, den man nicht aufschreiben und nicht vergessen durfte, war er manchmal in die Pausen zwischen zwei Gedanken hineingefallen, in die Minuten vor dem Einschlafen, hatte Augenblicke des Wartens gefüllt. Als sie an der Straße vorbeifuhren, in der Davids Haus stand, beugte sich Johannes nach vorne. Er hätte das Haus sehen können, hätte einen Blick darauf erhaschen können, auf die Fassade und den zur Hälfte abgestorbenen Aprikosenbaum davor. Wenn der Onkel langsamer gefahren wäre. Doch das Bild rauschte vorbei und Johannes wusste schon im nächsten Moment nicht mehr, was er wirklich gesehen und woran er sich nur erinnert hatte.

Der Onkel saß am vorderen Rand des Fahrersitzes, sein Kinn berührte fast das Lenkrad. Er schnaufte und roch dabei wie an allen anderen Morgen, an die Johannes sich mit ihm erinnerte. Nach Kölnisch Wasser und Schweiß und Schnaps. Hinter ihnen schnäuzte sich eine der Cousinen geräuschvoll.

Johannes fragte sich, wer ihnen das beigebracht hatte, dieses große Jammern, wenn jemand gestorben war, egal wer. In jedem Fall gehörte es sich zu weinen, unabhängig davon, was man von dem Verstorbenen gehalten hatte. Aber womöglich hatte sich sein Vater auch verändert in den letzten Jahren, vielleicht war er milde geworden, freundlich, jemand, den man gut leiden konnte. Doch selbst wenn er einfach derselbe geblieben war, unnachgiebig, mit Händen, von denen Johannes meinte, sie könnten einen Fels zerbrechen, würden sie das Auto jetzt trotzdem mit ihrem Gejammer füllen.

Der Onkel lenkte den Wagen auf den holprigen Feldweg, der zum Friedhof führte. Dem Tor gegenüber standen weitere Autos, ihre Dächer blitzten in der Morgensonne.

»So«, sagte der Onkel und schluchzte und Johannes verdrehte hinter der Sonnenbrille die Augen. Dass das Herz dennoch raste, dagegen war nichts zu machen.

Johannes löste den Gurt und öffnete die Tür, dann von außen auch die hintere. Die Cousine seines Vaters stieg aus und er beugte sich zu ihr, damit sie ihn auf die Wangen küssen konnte, zweimal rechts, einmal links, feucht und verweint. Das Herz polterte ihm durch die Brust, weil es nicht zu fassen war, wie alles hier ignorierte, dass Jahre vergangen waren und etwas verändert hatten. Der Geruch des blühenden Feldes, des etwas zu überladenen Frühlings ignorierte es. Die Cousine, die Johannes, Rotz und Wasser heulend, gegen die Brust klopfte, ignorierte es. Die Verwandten und Bekannten, die durch den Staub vor dem Friedhof schlurften und sich die Hosenbeine eingrauten, ignorierten es. Sie schüttelten Johannes die Hand, leierten ihr Beileid herunter, so als hätte sie jemand im Jahr 1987 hier abgestellt und sie sehr lange an einem Rädchen in ihrem Rücken aufgezogen, sodass der Mechanismus genau jetzt, sechs Jahre später, ansprang.

Und Johannes machte mit. Er nickte an den richtigen Stellen, hielt alle Hände angemessen lange, ließ sich abklopfen, abküssen und mit Floskeln berieseln. Über ihnen, die wie schwarze alte Vögel das Feld abstaksten, spannte sich ein gleißend klarer Himmel, eine Kuppel, die sie abzuschirmen schien vom Rest der Welt, wo die Zeit weitergelaufen war, so wie es sich gehörte.

Johannes machte mit, bis er die Mutter erkannte. Sie stand etwas abseits neben dem Friedhofstor, klein, aber gut sichtbar, das Haar zu einem Knoten gedreht, und sah, das konnte man ihr nicht absprechen, schön aus in ihrer Trauer oder in dem, was sie allen anderen als Trauer verkaufte. Ihre Blicke trafen sich und Johannes nahm zum ersten Mal, seit er am Friedhof angekommen war, die Sonnenbrille ab. Langsam ging er zu ihr und merkte, wie viel Angst er hatte. Erst als er der Mutter gegenüberstand, erkannte er, dass in ihrem Gesicht die Zeit nicht stehen geblieben war. Er entdeckte die Linien neben den Mundwinkeln, an denen sich die Wangen nach unten hin auszurichten begonnen hatten, sah, dass die Augenringe dunkler, die Müdigkeit, die sie schon immer im Gesicht gehabt hatte, sichtbarer geworden war. Sie musterte ihn und er fragte sich, was sie sah. Ihre Lippen zuckten, in ihrem Blick spiegelte sich, nur für den Bruchteil einer Sekunde, die frühlingshelle Umgebung, und Johannes wusste, dass er schnell etwas sagen musste, und sagte das Einzige, was ihm einfiel, nichts, was er sich vorgenommen hatte, und nichts, was er sich vorgestellt hatte. Er sagte: »Mein Beileid.«

Sie kniff gegen die Sonne leicht die Augen zusammen. Öffnete den Mund und schaute dann an ihm vorbei, so alarmiert, dass Johannes sich umdrehte.

Ein Taxi war vorgefahren. Ohne dass er hinter den reflektierenden Scheiben jemanden hätte erkennen können, wusste Johannes, wer in dem Wagen saß. Alle wandten sich ihm zu, wie einstudiert drehten sie die Köpfe.

Als Erstes stiegen die schwarzen, blitzend polierten Schuhe aus, kleine Füße, zierlich, wie die eines jungen Mädchens. Eine Hand an einem dünnen Arm reckte sich aus dem Auto, der Fahrer musste ihr helfen. Sie taumelte, bevor sie endgültig zum Stehen kam. Jeder konnte sehen, dass sie eine Gehhilfe gebraucht hätte, so schlecht stand es um ihr Gleichgewicht. Aber obwohl das Alter sie verbogen hatte wie der Wind einen zu schwachen Baum, obwohl sie zittrig und steif zugleich wirkte, sah man ihr die Eitelkeit doch an. Alles an ihr sauber und gepflegt, und dass sie so vorsichtig einen Fuß vor den anderen setzte, lag wohl weniger an der Gebrechlichkeit als an der Angst, dass sich der Staub auf die glänzenden Schuhe legte und in die Kleider kroch. Nach all den Jahren fürchtete sie den Gestank eines Stalls vermutlich immer noch mehr als das Begräbnis ihres Sohnes.

Die Großmutter stützte sich auf den Arm des Taxifahrers, der sie gebracht hatte, und schirmte die Augen ab. Sie schaute in die Menge, als hielte sie nach jemandem Ausschau, dann glitt ihr Blick über Johannes und blieb an ihm hängen. Er erstarrte. Seine Hand zitterte, als er die Sonnenbrille aus der Brusttasche nahm und aufsetzte, aber er war sich sicher, dass sie das von dort, wo sie stand, nicht sehen konnte. Er strich die Brusttasche glatt. Ohne nachzudenken hob er den Arm und die Mutter hakte sich bei ihm ein. Mit der anderen Hand drückte sie seinen Ellbogen.

»Sie wollte ihn in der Stadt beerdigen lassen«, sagte sie leise, er hatte Mühe, sie zu verstehen. Er sah, wie die Mutter der Großmutter zunickte. »Kannst du dir das vorstellen?«

In ihre Frage hinein fing die kleine Glocke der Kapelle an zu schlagen, ein wenig zu hoch und ohne Tiefe riss der Ton an der ansonsten ruhigen Landschaft. Alle setzten sich in Bewegung und Johannes schüttelte noch den Kopf zu der Frage seiner Mutter, obwohl er wusste, dass sie keine Antwort erwartete.

11

Was sich nicht verändert hatte: dass es am Tisch nicht leise war, das war es nie gewesen, auch nicht nach Begräbnissen. Seine Familie unterschied nicht zwischen frohen und traurigen Anlässen, zu reden gab es immer etwas. Und wie sie redeten. Als hätten sie das ganze restliche Jahr über geschwiegen, sich alles aufgespart für diesen Tag, an dem die Worte über den Tisch hin und her flogen. Sätze gab es nicht, es gab nur Angefangenes, Unterbrochenes, denn auch das hatte sich nicht verändert: Jeder sprach nur für sich selbst, was bedeutete, dass keiner den anderen ausreden ließ, dass die Themen wechselten wie Bilder bei einer viel zu schnellen Autofahrt. Nichts konnte man mitnehmen, nichts genauer betrachten, bei nichts verweilen, und es war ganz egal, worüber man sprach, Hauptsache, man sprach überhaupt.

»Sie hot nit gut ausg'schaut –«

»Die Marie? Ich hob's mer a gedenkt, ich hob sie schon froue wo–«

»Was macht's a den ganze Toch dorten in der Wohnung, nimmand, mit dem was ma verzählen kann, verstehst, do werd mer komi –«

»Ich hob ihr jo g'sacht, dass mer sie amol zu uns –«

»Will sie ja nicht!«

»Will noch jemmand Supp?«

»Jo, weil's nix heert! Freilich will mer nimmand siehn, wann mer mit nimmand mehr verzählen kann –«

»Sie misst mol zum Doktor geh'n. Der Ludwig hot jetzt sei Hörgerät und der –«

»Der Ludwig? A Hörgerät?«

»Nehmt euch Brot, es is noch so viel do.«

»Der Ludwig –«

»Dem sei Bruder is g'storba, Johannes, a paar Wocha vor deim Vater.«

Johannes nickte.

»Der Ludwig –«

»Der Johannes macht doch in Deitschland a Hörgeräte.«

Eine der Cousinen beugte sich zu Johannes.

»Bist a Doktor?«

»Ich –«

»Noo, er is ka Doktor. Er macht nur die Hörgerät.«

Johannes schloss den Mund.

»Hot er do studiera missa?«

»Nein, ich …«

»Geh, woher, do muss mer nit studiera, des hot er g'lernt, des is a –«

»Das ist …«

»A Ausbildung meinst, ach so, ach jo, ich hob immer gedenkt, du hättst studiert.«

Johannes schluckte und in der kurzen Stille am Tisch kam ihm das Geräusch unnatürlich laut vor.

»Also ka Doktor.«

»Noo, noo, woher.« Sie lachten. Es hörte sich verlegen an.

Für einen Augenblick saß Johannes die Wut im Hals. Er wusste, er hätte jetzt die Kraft gehabt, die Stimme zu erheben, das Gespräch an sich zu reißen, vielleicht sogar für eine gute halbe Minute. Doch er schwieg. Nahm die Schnapsflasche und füllte sein Glas bis zum Rand.

»Ka Frau und nit studiert, was hast g'macht so lang in Deitschland?«, sagte sein Onkel.

Johannes schloss die Hand um das Schnapsglas und fragte sich, ob die Gläser hier deshalb so dickwandig waren, damit man nicht bei jeder Familienfeier eines vor Wut zerbrach. Oder um jemandem damit den Kopf einschlagen zu können.

»Ich –«, fing er an, aber der Onkel lachte und klopfte ihm auf die Schulter. Schnaps lief über Johannes' Finger.

»Geh', ich mach nur Spaß, hörst, nur Spaß. Wie simma do jetzt druf kum–«

»Der Ludwig!«

»Der Ludwig, genau –«

»Also, ich tu des Brot jetzt weg, wenn nimmand mehr esst.«

»Der Ludwig, verstehst, der heert nix, der heert

nix mit und nix ohne Hörgerät, der kennt sich mim Hörgerät nit aus. Ich red mit dem und der lacht nur wie a Depp und –«

»Wie a Depp hot er schon immer g'lacht, mit und ohne Hörgerät.«

Der halbe Tisch brach in schallendes Gelächter aus. Die andere Hälfte schüttelte den Kopf. Johannes trank das Glas in einem Zug leer.

»Aber dei Vater, Johannes, der hat zuletzt a schwer g'hört.«

Mit einem Mal schwiegen alle. Als gehörte es dazu, dass man schweigt, wenn der Tote, auf dessen Feier man sich befindet, erwähnt wird.

Was sich verändert hatte: Johannes hatte dieses Spiel verlernt. Den Absprung ins Gespräch zu finden, einen winzigen Anteil daran für sich zu beanspruchen und, das Wichtigste: sich zu amüsieren, das Geschrei am Tisch für ein normales Gespräch zu halten und ihm zu folgen. Er hatte es verlernt.

Er saß da und schaute auf die Münder um sich herum, die fuchtelnden Hände, die vergaßen, wie oft in der letzten halben Stunde sie das Schnapsglas schon gefüllt hatten. Er beobachtete, wie sie zwischen dem Sprechen noch versuchten, genug zu essen, sodass zerkautes Brot und Tropfen von Suppe auf dem Tischtuch landeten. Die Zeit zog sich in die Länge, sie passte nicht zu der Geschwindigkeit des Gesprächs. Um den Tisch herum dehnte sie sich, so als säße Johannes'

Familie im Inneren eines Fernsehers, das Programm ein rasend schneller Zeichentrickfilm, und Johannes schaute ihn sich an, stundenlang, tagelang, weil einfach niemand kam und ihm den Gefallen tat, endlich abzuschalten.

Er wischte sich die Hand am Tischtuch ab, der Schnaps klebte. Dann schob er den Stuhl zurück und erhob sich. Auf einem Tisch neben dem Plumpsklo stand eine Kanne mit Wasser. Johannes wusch sich die Hände und fuhr sich über die nackten Arme. Es war zu warm für April. Oder war das hier schon immer so gewesen und er hatte es vergessen?

Er ging am Hühnerstall vorbei in den hinteren Hof. Dass der Garten verwahrlost war, sah er auf den ersten Blick. Der Vater hatte nichts mehr machen können. Warum die Mutter sich nicht kümmerte, wusste er nicht.

Vielleicht kam sie so gut wie nie hierher. Vielleicht betrat sie den Garten seit Jahren kaum noch, weil sie sich erinnerte, wie es gewesen war, das Blut, die Knochensplitter und Hirnreste, bis nach Tagen endlich ein Regen alles verschwinden ließ. Und womöglich wusste sie auch, dass so etwas nicht einfach verschwand, dass es der Regen nur in tiefere Erdschichten spülte und dass man, wenn man Pech hatte, noch nach Jahren beim Umgraben einen Knochensplitter finden konnte, den man eine Weile ungläubig in den Händen drehte, weil man dachte: Bestimmt ist es ein Hühnerknochen, es ist bestimmt einer, oder, ja, ganz bestimmt ist es ein Hühnerknochen.

Johannes hätte nicht genau sagen können, wo sein Bruder gelegen war, die Stelle, wo die Großmutter ihn gefunden und gehalten hatte, bis der Vater kam und die beiden entdeckte. Er wusste nicht, wie er sich diesen Nachmittag vorzustellen hatte, ob es leise oder laut gewesen war, ob die Großmutter geschrien, ob der Vater geweint und geflucht hatte. In seinem Kopf war es ein stilles Bild. Die angewinkelten Beine des Bruders, der breite Rücken der Großmutter. Und darum herum der Garten, der innehielt, weil er es nicht wagte, in diese Totenstille hineinzuzwitschern, zu rascheln oder zu rauschen. Die Kompottschale, in der die Wespen ersoffen waren, freiwillig, um nicht mit ihrem Summen die Ruhe nach dem Schuss zu stören. So und nicht anders hatte Johannes es sich immer vorgestellt.

Er hatte nur drei Erinnerungen an seinen Bruder. Eigentlich noch ein paar mehr, aber er hatte diese drei, die er pflegte, die er immer wieder hervorholte und sich genauer anschaute. Er beschränkte sich auf diese Erinnerungen, weil es die einzigen waren, von denen er sich ein fast schon unnatürlich scharfes Bild ins Gedächtnis rufen konnte. Manchmal, an guten Tagen, kam sogar ein Gefühl dazu. Wut, ein verkrampfter Magen. Eine erstickende Rührseligkeit. Das Verlangen nach einer Berührung.

Er erinnerte sich, wie er bei seinem Cousin in den Hof gestürmt war, er sollte den Bruder zum Abendessen nach Hause holen. Johannes rief seinen Namen schon auf der Straße. Er schrie, so laut er konnte, und wusste nicht einmal warum, schrie sich heiser und war so überdreht, dass ihm die Kopfhaut prickelte und eine Gänsehaut seine Arme hinunterlief. Zu schwungvoll stieß er das Tor auf, mit einem lauten Knall schlug es innen gegen den Zaun.

Der Bruder drehte sich um. Er war vielleicht sechzehn, groß und so dünn, dass die Knochen an allen möglichen Stellen hervorstanden und ihn eckig aussehen ließen. Dafür war sein Gesicht bildschön. Er hatte große braune Augen, die Wimpern so lang und dicht wie bei einem Kuhkalb, der Mund dunkler als der Rest des Gesichts. Das wusste Johannes von Fotos. Von diesem Tag wusste er nur, wie ruckartig der Bruder sich umgedreht hatte, wie jemand, den man bei etwas ertappt. Er sah erst erschrocken aus und dann wütend. Johannes bemerkte das Messer, das er in der Hand hielt. Er lugte an ihm vorbei und versuchte einen Blick auf seinen Cousin zu erhaschen.

»Was macht ihr?«, fragte er.

»Was schreist du wie ein Depp, Johannes?«

»Sag, was macht ihr?«, fragte er noch einmal und lachte und da ging der Bruder mit schnellen Schritten auf ihn zu, nahm dabei das Messer von der rechten in die linke Hand und schlug Johannes ins Gesicht, sodass sein Kopf zur Seite flog.

Bei der anderen Erinnerung musste Johannes sehr jung gewesen sein. Er hatte oft Mühe, sich darauf zu konzentrieren, wie sein Bruder an jenem Tag ausgesehen hatte. Immer wieder schob sich ein Bild von ihm selbst in diesem Alter vor das Gesicht des Bruders, ein Fotogesicht, das mit keiner Wirklichkeit etwas gemein hatte. Er konnte sich aber sehr genau an die Stimme des Bruders erinnern. Sie war noch hoch wie die eines Jungen, brach aber an den Satzenden schon hin und wieder weg. Einer der Gründe, warum sein Bruder wenig sprach in jener Zeit.

Sie saßen am Esstisch, es war Hochsommer und die Wespen und Fliegen umschwirrten sie in Scharen. Für jede, die man erschlug, kamen zehn neue dazu, »zur Beerdigung«, wie die Großmutter zu sagen pflegte. Johannes hatte Angst vor den Wespen. Tatsächlich war er noch kein einziges Mal gestochen worden, hätte er gewusst, wie es war, hätte er sich vielleicht weniger gefürchtet. So aber lauerte hinter jedem Tier, das zu nah an sein Gesicht heranflog, die Angst vor dem unbekannten Schmerz und dem anschließenden Erstickungstod, sollte sie ihn am Mund oder in den Hals stechen. Der Vater wusste, dass Johannes Angst hatte, und ließ ihn nicht aus den Augen. Johannes mied seinen Blick, versuchte ruhig zu sitzen, sich nicht zu bewegen, wenn eine Wespe in seine Richtung taumelte.

Er bemerkte, wie der Vater sich die Knöchel rieb, wie er die Finger umbog, um sie knacken zu lassen, aber nichts war zu hören. Die anderen, die Mutter, die Großmutter und der Bruder, aßen ungerührt. Fuchtelten hin und wieder mit der Hand vor dem Gesicht oder machten ungeduldige Zischlaute, wenn eine Wespe in ihrem Teller landete. Der Vater aß nicht. Er trank auch nicht. Wie immer, wenn er auf einen Fehler von Johannes lauerte, vergaß er alles um sich herum.

Eine Wespe setzte sich auf Johannes' Wange, er spürte sie knapp neben dem Kinn. Er zuckte und unterdrückte einen Schrei, schaute auf den Vater. Der sah ihn an, die Hände hielten still. Johannes meinte, ein leises Lächeln in seinen Mundwinkeln zu sehen, und rührte sich nicht. Geh weg, dachte er, geh bitte weg.

Sie ging nicht weg. Langsam begann sie, an Johannes' Wange hinaufzukriechen. Das Kitzeln auf der Haut war widerlich. Er wartete auf den Schmerz, irgendetwas würde sie erschrecken, sodass sie zustach. Als das Insekt in seinem Blickfeld auftauchte, riesig, wimmelnd und unscharf, entfuhr ihm ein Wimmern.

»Was ist?«, fragte die Mutter und in ihre Frage hinein fuhr das erschrockene »Hiiiiiiiiiich« der Großmutter. Erst dieser Laut brachte Johannes zum Schreien.

Der Vater stand auf, das Gesicht verzerrt und hochrot. »Schrei nicht so«, rief er, und weil seine Stimme zu heiser geriet, schlug er auf den Tisch, dass das Geschirr klirrte. »Wisch sie doch einfach weg!«

Johannes spürte die Wespe am unteren Lid und schloss die Augen. Er presste die Lippen aufeinander, ein erstickter Laut rumorte in seinem geschlossenen Mund. Er wollte, dass sie ihn endlich stach, dass er auf der Stelle starb. Mach einfach, dachte er.

Doch dann hörte er die Stimme des Bruders neben sich. »Nicht erschrecken.« Er musste aufgestanden und um den Tisch herumgekommen sein. »Ich mach sie weg.«

Noch sanfter als die Stimme fühlte sich die Hand an, die die Wespe vorsichtig wegschob. Johannes hörte ein Brummen nah an seinem Gesicht, das schnell verstummte.

»Ist sie weg?«, fragte er trotzdem.

»Ja, kannst die Augen aufmachen.«

Johannes öffnete die Augen und sah ihn an. Er hatte Spott erwartet oder die ablehnende Mattigkeit, die er in letzter Zeit so häufig im Gesicht hatte. Doch es war nichts davon zu erkennen. Mit dem Zeigefinger fuhr er ein paar Mal über Johannes' Wange.

»Nichts passiert«, sagte er. »Nichts passiert.«

»Was machst denn?«

Johannes drehte sich um, die Mutter war in den Garten gekommen. Er atmete aus und verlagerte sein Gewicht von einem Fuß auf den anderen. Sein linkes Bein kam ihm kürzer vor als das rechte, er hatte den Eindruck, nicht gerade stehen zu können.

»Hm?«, fragte die Mutter.

»Was?«

»Was stehst da alleine und studierst?«

Johannes machte eine unbestimmte Handbewegung in Richtung Garten. »Weißt du, wo genau es war?«

»Was meinst du?«

Er lachte. »Du weißt doch, was ich mein.«

Sie schwieg. Hätte er sie jetzt angeschaut, hätte er den Vorwurf gesehen, der sich schon vor Jahren wie grauer Star in ihren Augen eingenistet hatte.

»Ich weiß es doch nicht.« Sie klang aggressiv. »Als ich heimgekommen bin, haben sie ihn schon ins Haus gebracht. Und in den Garten bin ich nicht gegangen.«

»Ist ja gut.« Johannes hob beschwichtigend die Hände.

»Was fragst du mich das jetzt?«, sagte sie erstickt. »Dein Vater ist keine drei Stunden unter der Erde und du fragst mich so ein Zeug.« Sie holte zitternd Luft.

Johannes wollte den Kopf schütteln und ließ es im letzten Moment bleiben. Er wartete darauf, dass sie ging. Aber sie blieb, wo sie war, und zog ein paarmal geräuschvoll die Nase hoch. Johannes schob die Hände in die Hosentaschen und wandte sich halb von ihr ab.

»Wein nicht, Mama, sind wir wieder gut, Mama, bitte sei nicht bös', Mama.« Die Floskeln seiner Kindheit rauschten ihm durch den Kopf, aber er sagte nichts davon, obwohl sie sich ihm wie Steine den Hals hinaufstapelten. Irgendwann war sie ruhig. Aus den Augenwinkeln sah er, wie sie sich mit großer Geste das Gesicht rieb. Sie atmete schwer dabei.

Geh, dachte Johannes, geh endlich.

»Ich hab sie gefragt«, sagte sie plötzlich. Er drehte den Kopf, die Mutter starrte in den Garten.

»Als sie im Sterben lag«, fuhr sie fort, »deine Großmutter, da hab ich sie gefragt, wie es war, als sie ihn gefunden hat.« Sie verschränkte die Arme vor der Brust. »Ich hab sie nichts anderes gefragt. Sie ist ja stundenlang gestorben, weißt, stundenlang hat man nicht gewusst, ist sie noch wach oder schläft sie schon. Sei froh, dass du in der Stadt warst und nicht hier, als sie gestorben ist. Ich hab sie tausendmal gefragt, ich hab sie gerufen, hab ihren Namen gesagt. Einmal hab ich sie geschüttelt.«

Mit schiefem Mund sah sie ihn an.

»Sie hat keine Antwort mehr gegeben. Was weiß ich, ob sie nicht wollte oder nicht konnte. Keinen Ton hat sie mehr gesagt. Und dann hat sie ausgeatmet und war tot. Und ich konnte nichts mehr fragen und gewusst hab ich auch nichts.«

Auf einmal sah sie ungehalten aus. Als würden sie sich über eine ärgerliche Lappalie unterhalten.

»Naja«, sagte sie schließlich und sah auf ihre kleine goldene Uhr, die sie nur an Festtagen trug und bei Begräbnissen. »Dein Onkel ist besoffen, Johannes, der braucht dich heut nirgendwo mehr hinfahren.«

Er erstarrte. »Ich muss aber …«

»Gar nichts musst du, du hast doch hier dein Bett.« Sie wartete.

»In Ordnung, danke«, sagte er schließlich gepresst.

Die Mutter wandte sich zum Gehen. »Komm an den Tisch, die Leute fragen schon nach dir.«

Die dritte Erinnerung, das wusste Johannes genau, stammte aus der Zeit kurz vor dem Tod des Bruders. Ein späteres Bild von ihm hatte er nicht im Kopf. So wie er da gewesen war, war er seitdem geblieben, erstarrt, ein junger, noch unfertiger Mann. Die Nase saß noch ein wenig zu groß im Gesicht, später hätte sich das gelegt. Später hätte er die schmale Nase der Mutter gehabt, diesen Strich im Gesicht, mit Nasenflügeln, die so eng anlagen, dass es einen wunderte, wie sie überhaupt atmen konnte. Johannes wusste noch andere Dinge aus dieser Zeit. Dass es ein seltsamer Frühling gewesen war, der beunruhigend schnell kam. Der letzte Schnee war unter einer plötzlich warmen Sonne geschmolzen, und sie liefen bereits barfuß, er und David, während von den Dächern noch der Frost tropfte. Niemandem ging es gut in diesem Frühling, die Großmutter bekam einen Husten und alle dachten, sie würde sterben, die Mutter presste sich fünf Mal täglich die Hand gegen die Brust, weil ihr Herz wie ein eingesperrtes Tier gegen die Rippen rannte. Der Vater stopfte sich jeden Morgen in Spiritus getränkte Watte in sein rechtes Ohr, schrie »Was?«, egal wie laut man mit ihm sprach, und nachts hörte man ihn mehrmals polternd aufstehen und nach der Quelle eines Geräuschs suchen, das niemand sonst von ihnen wahrnahm.

Johannes hatte in diesem Frühling wochenlang Halsschmerzen und sagte nichts, und sein Bruder war müde. In die Winterblässe seiner Haut gruben sich dunkelblaue Augenringe, die Lippen waren aufgesprungen, rote Furchen liefen aus den Mundwinkeln auf die Wangen zu. Mit verschwitzten, bleichen Gesichtern saßen sie alle am Mittagstisch, viel früher als in den Jahren zuvor konnten sie draußen im Hof sitzen, vor einer viel zu heißen Suppe, die keiner essen wollte. Johannes hatte Schmerzen beim Schlucken. Es graute ihm vor jedem Löffel, den er an den Mund führte, und er wusste, dass der Vater seinen immer noch fast vollen Teller bereits im Blick hatte. Johannes räusperte sich, schöpfte von der Suppe ab und schlürfte aus dem Löffel. Mit einem Rest Flüssigkeit darauf ließ er ihn wieder in den Teller sinken. Der Vater hob die Augenbrauen.

Johannes räusperte sich noch einmal. Es ging nicht anders, es wurde besser durch das Räuspern. Der Vater richtete den Oberkörper auf. Der Teller wurde nicht leerer. Ich will aufstehen, dachte er. Er sah zu seiner Mutter, aber die schaute nicht zurück. Er wusste nicht, ob es Absicht war oder ob sie seinen Blick wirklich nicht bemerkte. Bitte, darf ich aufstehen. Weil er ein Räuspern unterdrückte, stiegen ihm Tränen in die Augen. Sein Gaumen brannte. Er schaute zur Großmutter, aber die sah den Vater an. Nur an ihm merkte sie, dass etwas nicht stimmte.

Johannes konnte nicht mehr. Er räusperte sich, es geriet ihm zu laut, man hörte, wie der Schleim in seinem Hals gurgelte. Der Vater war schnell. Er stand auf, machte zwei Schritte um den Tisch herum und schlug Johannes mit der flachen Hand auf den Hinterkopf. »Iss deine Suppe«, sagte er seelenruhig und ging ins Haus.

Johannes' Herz raste, als er einen Löffel voll Suppe in den Mund nahm. Er spürte die kochend heiße Flüssigkeit in den Magen rinnen und schöpfte sofort einen weiteren Löffel ab. Da schob der Bruder seinen Stuhl zurück und trat an den Platz des Vaters. Ohne zur Haustür zu sehen, beugte er sich über dessen Teller und spuckte hinein. Dann ging er wieder an seinen Platz und aß weiter. Er erwiderte keinen der Blicke, die auf ihm klebten.

Johannes wartete darauf, dass die Mutter etwas sagte. Ihr Mund stand offen, doch dann schloss sie ihn. Niemand sagte ein Wort. Auch nicht, als der Vater mit der Schnapsflasche aus dem Haus kam, sich setzte und ein Glas einschenkte. Nach dem zweiten Glas aß er weiter von seiner Suppe und auch da schwiegen sie.

Johannes lächelte, als er zum Tisch zurückging. Er setzte sich und sah in die alten, lauten Gesichter, die im Gespräch irgendwo anders angekommen waren und sich doch nicht von der Stelle bewegt zu haben schienen.

»Was lachst, Johannes?« Der Onkel schaute ihn misstrauisch an, doch bevor Johannes überhaupt den Mund öffnen konnte, drehte sich der Onkel schon wieder weg. Johannes konnte sich das Grinsen nicht verkneifen, er musste sich beherrschen, nicht laut zu lachen. Wenn ihm früher diese letzte Erinnerung an seinen Bruder in den Sinn gekommen war, hatte er nie etwas anderes als Ekel empfunden. Und ausgerechnet heute, wo sein Vater keine drei Stunden unter der Erde lag, empfand er zum ersten Mal etwas anderes.

12

Er ließ das Licht lange an. Zu tun hatte er nichts, kein Buch, kein Fernseher, den Walkman hatte er im Hotelzimmer gelassen. Wenn alles unverändert geblieben war, dann lag das Gesangbuch noch in der Schublade des Nachtkastens. *Großer Gott, wir loben dich.* An Gott wollte er jetzt am allerwenigsten denken.

Er legte die Hand an den Schalter der Nachttischlampe und zog sie wieder zurück. Die Augen fielen ihm zu, er war unendlich müde, doch er spürte die Anspannung in jedem Muskel. Wenn er sich konzentrierte, konnte er die Oberarme und den Nacken lockern, doch schon Sekunden später verkrampften sie wieder. Im Fensterrahmen knackte es. Oder vor der Tür. Stand die Mutter davor?

Die Mutter war da, aber nicht erreichbar. So war es auch früher gewesen. Schon damals gab es hinter dem Schein der Lampe dieselben Schatten, in denen er Bewegungen zu sehen glaubte. Die Großmutter war da gewesen, aber nicht erreichbar. Zwischen Johannes, der Mutter und der Großmutter gab es immer den Vater, den Vater mit seinem Schlaf, den der Schnaps nicht mehr schwerer machte. Er trank schon zu lange und zu geübt, um vom Alkohol tiefer zu schlafen. Im

Gegenteil schreckte er ständig hoch und war dann schlagartig so wach, als hätte er noch keine Sekunde geschlafen.

Johannes musste das Licht löschen. Es schien durch den Spalt unter seiner Tür bis ins Durchgangszimmer und reichte mit Sicherheit von dort bis ins Zimmer der Mutter, die wusste, dass er wach war. Er wollte nicht, dass sie sich fragte, warum er noch nicht schlief. Er zog den Arm aus der Decke und schloss die Finger um den Schalter am Kabel. Dann drückte er auf den Knopf.

Es wurde stockfinster. Keine Dunkelheit, an die sich die Augen erst gewöhnen mussten. Johannes schaute in Richtung des Fensters. Er starrte und starrte, aber es zeichneten sich keine Umrisse ab. Schließlich zwang er sich, die Augen zu schließen, sich so hinzulegen, wie er es auch zu Hause machte, den zweiten Arm aus der Decke zu ziehen und zuzulassen, dass etwas von ihm ungeschützt in dieser Finsternis lag.

Was er fürchtete: berührt zu werden. Eine Stimme zu hören. Dass jemand lachen würde oder leise atmen in einer der Ecken des Zimmers. Er fürchtete, jemanden hinter sich im Bett zu spüren. Plötzlich ein Gesicht zu sehen, aufscheinende Augen. Eine Fratze. Was er aber am meisten fürchtete: darüber nachzudenken, was genau es war, wovor er Angst hatte.

Johannes wachte auf. Er lag mit dem Rücken zur Tür. Dass sie offen war, wusste er, noch bevor er sich umdrehte. Dort stand jemand. Reglos. Johannes fragte sich, woher das fahle Licht hinter der Gestalt im Türrahmen kam. Vielleicht dämmerte es bereits. Ohne sich zu rühren, die Hand ins Bettzeug gekrallt, beobachtete er sie. Nur die Umrisse waren zu sehen, kein Gesicht. Johannes wusste trotzdem, dass es der Vater war. Warum steht er dort, fragte er sich. Warum steht er dort, mitten in der Nacht, und sagt nichts. Lass mich schlafen, wollte er rufen, lass mich einfach schlafen, doch er wagte nicht einmal, den Mund zu öffnen. Er wartete eine Weile und ließ die Silhouette nicht aus den Augen. Dann nahm er all seinen Mut zusammen, wollte sich aufrichten und etwas sagen, laut und bestimmt, als ihm ein Satz wie ein Blitzschlag durchs Hirn schoss: Der Vater ist doch tot.

Johannes wachte auf, die Nachttischlampe brannte. Er war eingeschlafen, dabei musste er doch noch abschließen. Er stieg aus dem Bett, um ins Durchgangszimmer zu gehen, von dem aus man in den Hof gelangte. Der Schlüssel hing an einem Haken neben den Flügeltüren. Er nahm ihn, drückte die flache Hand gegen den rechten der beiden Flügel und steckte den Schlüssel ins Schloss. Er passte nicht. Das Schloss war zu groß, der Schlüssel rutschte immer wieder heraus. Drehen ließ er sich nicht, dabei war es der richtige, er sah aus wie immer. Warum passte er nicht. Der Vater hat das Schloss ausgetauscht, dachte Johannes und nickte. Der Vater wollte nicht, dass man das

Haus verschloss. Johannes blickte auf, die Tür stand mit einem Mal offen. Still lag der nächtliche Hof vor ihm. Das Licht, das aus dem Haus auf die Stufen fiel, reichte nicht, um ihn ganz zu erhellen. Johannes versuchte, in der Dunkelheit hinter dem Lichtkegel etwas zu erkennen. Vielleicht war dort ja jemand.

Johannes wachte auf. Vor dem geöffneten Fenster saß ein Vogel, eine Amsel. Hinter ihr war ein ungewöhnlich großer und gelber Mond aufgegangen. Johannes bemerkte, dass etwas nicht stimmte, dass der Vogel nicht zuckte, hüpfte oder pickte, dass er dasaß wie ausgestopft. Er wollte die Hand heben, um ihn zu verscheuchen, da erst rührte er sich und zwitscherte. »Du bist doch tot«, rief Johannes und wachte auf.

Sein Herz raste. Noch während des Aufwachens hatte er sich selbst rufen gehört, seine traumverzerrte Stimme, die Wörter, die der Schlaf in ein Lallen verwandelt hatte, hallten als Echo durch seine Gedanken.

Er wusste, dass er jetzt wach war. Er wusste es, weil ihm alles wehtat von der Angst, die er von Traum zu Traum geschleppt hatte. Die Dämmerung war gekommen, durch die Fensterläden fiel graues Licht. Nur zu still war es noch, aber Johannes wusste, dass die Vögel nicht mehr lange schweigen würden, dass ein erster Hahn bald wach werden würde. Er kannte dieses Warten, so wie er die Angst in diesem Bett kannte, die Angst vor jedem Geräusch, vor den dunkelsten Stunden, vor dem Wissen, den Raum nicht verlassen zu dürfen, bis der Morgen kam, egal, wie sehr man sich fürchtete. Im Zimmer gab es nur die Angst und vor dem Zimmer keinen Trost.

Dass sich das über die Jahre gehalten hatte, dass Johannes jetzt als Erwachsener hier schlief und die Ängste wie Ungeziefer wieder aus den Ecken kamen, hatte er nicht erwartet. Wozu verging die Zeit, wenn nicht dazu, eine alte Angst oder einen Schmerz verschwinden zu lassen.

Der erste Vogel rief. Johannes fuhr zusammen und fühlte dann die Erleichterung. Sie löste alle Muskeln in seinem Körper und drückte ihn tiefer in das Kissen. Er atmete aus wie jemand, der über Stunden die Luft angehalten hatte, und schlief ein.

13

Als Johannes die Augen öffnete, war es stockfinster, keine einzige Kontur in der Dunkelheit. Er wusste nicht, wo er war. Er schnappte nach Luft, wollte
schreien und besann sich dann, weil es ihm einfiel.
Er war zu Hause. Nur zu Hause. Jetzt erst sah er das
Licht unter dem Spalt seiner Tür, die Eltern waren
wach.

»Wie kannst du das nicht hören?«, schrie der Vater
draußen, seine Stimme riss an Johannes' Herz. Er
richtete sich im Bett auf. »Es geht die ganze Nacht
schon so.«

Johannes setzte vorsichtig einen Fuß auf den Boden, schob die nackten Zehen in die Nähe des Lichts.
»Die ganze Nacht dröhnt es, irgendwer arbeitet doch
hier. Oder auf dem Feld, irgendwo läuft ein Traktor
oder ein Auto. Dass du das nicht hörst! Du musst ja
stocktaub sein!«

Die Mutter erwiderte etwas. Johannes hörte nur
die Stimme, ohne zu verstehen, was sie sagte, und er
merkte, dass sie ängstlich klang. Schnell ging er zur
Tür, drückte das Ohr gegen das Holz und strengte
sich an zu lauschen. Versuchte, mutig zu sein, legte
die Hand auf die Klinke, um wenigstens ins Durch-

gangszimmer zu gehen. Doch dann zerrte die Stimme des Vaters wieder an der nächtlichen Stille und überschlug sich. »Denkst du, dass ich mir das einbilde? Ich bin doch nicht verrückt, ich weiß doch, was ich höre!«

Johannes verstand auch die folgenden Worte der Mutter nicht. Tränen stiegen ihm in die Augen, er drückte das Ohr fester an die Tür. »Es wird das Radio sein«, hörte er sie schließlich sagen. »Stell es in ein anderes Zimmer, es wird kaputt sein, es brummt.«

Eine Weile war es still. Johannes hielt den Atem an, spürte, wie seine Zehen im Luftzug kalt wurden.

»Ja«, sagte der Vater endlich. »Ja. Es wird das Radio sein.«

Johannes hörte Schritte, hörte, wie der Vater das Durchgangszimmer betrat und die Flügeltüren aufschloss. Als es im Hof schepperte, zuckte Johannes zusammen. Eine Träne rollte über seine Wange, er wischte sie weg. Er drehte sich um, ließ sich auf den Boden sinken und rieb sein Gesicht an der Schulter trocken. Konzentrierte sich aufs Hören, spannte alle Muskeln an, horchte ins Durchgangszimmer, wo es jetzt still war. Der Vater musste im Hof sein, weiß der Teufel, was er dort tat. Von der Mutter kam kein Laut mehr.

Auf einmal bemerkte er einen Schatten und sein Herz machte einen Sprung. Die Tür gegenüber hatte sich geöffnet. Er erkannte das Nachthemd der Großmutter, aber es dauerte eine Weile, bis Johannes ihr Gesicht ausmachen konnte. Erst nach und nach traten ihre Züge hervor. Sie sah ihn an und legte den Zeigefinger an die Lippen. Ohne ihn wegzunehmen, streckte sie den Kopf Richtung Hof und lauschte.

~

Das Buch öffnete sich an der Stelle, an der eine Blume zwischen den Seiten lag. Johannes drückte den Einband gegen den Bauch, sodass sie nicht herausrutschte. Sie war eigentlich ein wenig zu groß zum Pressen und musste einmal in einem schwereren Buch als diesem gelegen haben.

Vorsichtig schob er sie weiter nach oben und blätterte eine Seite um. Die Schrift der Großmutter war kerzengerade, sorgfältig reihte sich Fehler an Fehler. Sie hatte geschrieben, wie sie gesprochen hatte, hatte die Wörter so, wie sie ihr aus dem Mund fielen, aufs Papier gebracht und vermutlich nie erwartet, dass sie einmal jemand lesen würde. Er wusste noch, dass sie meistens vor dem Zubettgehen geschrieben hatte. Wenn Johannes sie dann fragte: »Was schreibst du?«, antwortete sie: »Etwas auf, damit ich's nicht vergesse«, und er gab sich zufrieden damit.

In dem Buch standen Auszüge aus Gebeten und Verse, wie man sie in Poesiealben schrieb. Verse über Veilchen, das Vergessen und das Liebhaben. Und einzelne Strophen der Lieder, die die Großmutter manchmal gesungen hatte, nur für sich und Johannes. Manchmal hatte sie, wenn weder der Vater noch die Mutter zu Hause gewesen waren, ihre Schallplatte mit Richard Tauber aufgelegt und so laut in den Hof hineingesungen, als säße dort ein hundertköpfiges Publikum.

Johannes blätterte. *Veilchen sind blau; Rosen; raich mir zum abschied noch einmal die Hände; mein Herz ist rain; in Wien einst im scheenen Wien; Rosen sind rot; dein ist mein ganzes Herz; dein ist mein ganzes Herz.* Er fand es mehrmals, einmal hatte sie es quer über eine Seite geschrieben, einmal unter ein Gedicht, zu dem es nicht gehörte. Hin und wieder stand es statt eines Datums oben in den Ecken, *dein ist mein ganzes Herz*, wie ein Hinweis tauchte es immer wieder auf, wie ein Rätsel, das man lösen sollte, um eine Wahrheit oder Ordnung in den Einträgen zu finden.

Johannes sah zu der geöffneten Zimmertür. Die Mutter war im Hof, er hatte gehört, wie sie aufgestanden war und wie sie sich kurz darauf mit dem Onkel leise unterhalten hatte. Es war noch früh am Morgen gewesen und unter dem Gemurmel ihrer Stimmen war er noch einmal eingeschlafen, obwohl er nicht wollte.

Er dachte an das letzte Mal, als er das Buch aus dem Regal genommen hatte. Das Regal im Zimmer der Großmutter war nach ihrem Tod unberührt geblieben, so wie alle Gegenstände im Herzhaus, die den Toten gehört hatten. Das gemachte Bett des Bruders, das Regal mit dem Buch, dem Bildnis der Maria, der nackten schneeweißen Porzellanfigur und dem Foto von der Hochzeit seiner Großeltern. Vielleicht standen auch die letzten Schnapsflaschen des Vaters noch in der Speis.

Johannes erkannte plötzlich, dass er eine Art Toter in diesem Haus war. Auch sein Bett, die Hälfte seines Zimmers, war unberührt geblieben. So als wäre das Haus ein Ort, an den alle, die Lebenden und die Toten, früher oder später zurückkehrten. Das Haus ignorierte, dass es sich seiner Bewohner nach und nach entledigen sollte. Das dumme Herzhaus verstand das nicht und wollte ein Mausoleum werden.

Als er das Buch zum ersten Mal aufgeschlagen hatte, war Sommer gewesen. Johannes war aufgewacht, aus einem Traum, für den er sich schämte und zu dem er in der Sekunde, in der er aufwachte, zurückwollte. In seinem Zimmer staute sich die Wärme des Vortags, die Deckenbalken knackten und das Betttuch unter seiner Brust war nassgeschwitzt.

Er erhob sich und ging ins Zimmer der Großmutter, wo es weniger warm war, weil niemand mehr darin wohnte. Durch die Fensterläden brach in Streifen das Morgenlicht und mit ihm die beginnende Hitze.

Doch als Johannes sich in die glatten Laken legte und der Stoff sich kühl an seinen Bauch drückte, fröstelte er. Er presste die Wange ins Kissen, das den Geruch der Großmutter lange verloren hatte und nun nach dem Zimmer roch, nach Holz und Staub.

Er schloss die Augen. Manchmal funktionierte es und er konnte wieder einschlafen und Träume an der Stelle fortsetzen, an der sie abgebrochen waren. Er wartete und spürte den Luftzug seines Atems auf dem Unterarm, fühlte, wie sich dort eine Gänsehaut ausbreitete. Der kalt gewordene Schweiß in seinem Nacken schüttelte ihn kurz. Er schob den Arm unter seinen Bauch und die Hand unter den Bund der Hose. Dann öffnete er die Augen. Dunkle Kreise pulsierten vor dem Regal der Großmutter.

Er zog die Hand zurück und setzte sich rasch auf. Kurz schwankte das Zimmer vor seinem Blick. Er wartete, bis es aufhörte, und erhob sich dann. Trat ans Regal, vermied es, das Bild der Maria anzusehen, und entdeckte das Büchlein. Als er es in die Hand nahm, spürte er, dass es sich an einer Stelle nicht vollständig schließen konnte. Dort lag etwas, das zu dick für die Seiten war, eine Blume vermutlich. Bevor er es öffnete, sah er die Maria an. Die schielte nach unten, auf ihr Jesuskind.

»Sie ist doch sowieso tot«, flüsterte Johannes dem Bild zu und seine Stirn wurde heiß. Schnell wandte er sich ab.

Er ging mit dem Buch ans Fenster und schlug es auf. Hell und dunkel gestreift von den Schatten der

Fensterläden lagen die Seiten zum ersten Mal vor ihm. Gedichte, Verse aus ihrem Liederbuch, *dein ist mein ganzes Herz*, ein Mal quer über eine ganze Seite geschrieben. *Pardon Madam; großer Gott wir loben dich* und dann einige Seiten, die aussahen wie der Versuch eines Tagebuchs, *libes Tagebuch*, die Anrede durchgestrichen. Es waren kurze, verworrene Passagen, oft ging es um *meinen liben Mann*. Es fühlte sich nicht richtig an, als er immer weiter blätterte und von Gefühlen und Gedanken seiner Großmutter las, von denen er nie etwas geahnt hatte. Er legte das Buch dennoch nicht weg.

Dann entdeckte er den Namen: *David*. Er las *David und Johannes* und erschrak. Mit trockenem Mund hob er den Eintrag näher vor das Gesicht, da hörte er die Mutter hinter sich.

»Was treibst du?«

Sie stand in der Tür, bereits angezogen, sie war früher auf als sonst. »Geh und zieh dich an, du musst deinem Vater heut im Garten helfen.« Sie musterte ihn, im Dämmerlicht konnte er nicht erkennen, worauf ihr Blick ruhte. Er drehte sich von ihr weg, weiter zum Fenster.

»Und leg das Buch zurück«, sagte sie noch, bevor sie ging. Die Tür ließ sie offen.

Johannes lauschte, horchte auf ein Knarzen der Dielen, eine Türklinke, die heruntergedrückt wurde, aber das Haus war still. Nur im Hof hörte er Stühle rücken. Die Mutter und der Onkel hatten vermutlich mit dem Frühstück angefangen.

Seite für Seite blätterte Johannes um, bis er den Eintrag fand, der so kurz war wie alle anderen. *David und Johannes*, stand da, *David und Johannes sind zwei feine und scheene Buben.*

Johannes las den Satz noch einmal. Obwohl er ihn auswendig kannte. Er schaute in die rechte Ecke, wo er bei einem Tagebucheintrag oder einem Brief das Datum erwartet hätte. Dort stand, klein und bis an den Rand der Seite gedrängt, die Buchstaben zum Ende hin enger, *dein ist mein ganzes Herz.* Und Johannes wusste, er könnte das ganze Buch von vorne nach hinten hundertmal durchblättern und würde es immer noch nicht verstehen. Er schlug es zu, sachte, wegen der Blume, und legte es an den Platz zurück, wo der Staub ein dunkles Rechteck freigelassen hatte.

Auf dem Tisch standen ein Korb mit Weißbrot, ein Glas mit Marmelade und ein Töpfchen voll mit glänzendem Gänseschmalz. Die Übelkeit stieg Johannes in den Rachen, irgendwo an den Mandeln fühlte es sich an, als würde ihm jemand eine Faust durch die Speiseröhre in den Mund pressen wollen. Sein Kopf wurde heiß. Schnell rückte er den Stuhl zurück und stand auf.

»Ist dir nicht gut?«, fragte der Onkel. Er hatte gestern nach dem Begräbnis eine ganze Schnapsflasche alleine getrunken und bestrich jetzt sein Brot fingerdick mit Schmalz, um danach den halben Salzstreuer darüber auszukippen. Johannes winkte ab, er wagte es nicht, den Mund zu öffnen, und ging schnell über den Hof zum Plumpsklo, zog die Holztür auf und zwang sich noch, den Riegel zuzuschieben.

Fliegen stoben von der Klobrille über dem Loch auf. Als würde ihn jemand an einer Schnur, die an seinem Gaumen befestigt war, nach vorne ziehen, krümmte sich Johannes über die stinkende Öffnung. Er würgte und hustete, seine Halsmuskeln spannten sich. Er wollte sich abstützen und ließ es, wollte in die Knie gehen und ließ es. Er rülpste, schloss die Augen und fühlte Scham.

Es kam nichts. Keuchend richtete er sich auf. Etwas in seinem Magen rutschte zurück an seinen Platz und rumorte. Er spuckte in das Loch und wischte sich den Mund, auf seiner Oberlippe stand Schweiß. Vom Tisch war nichts zu hören.

Habt ihr nichts zu reden, dachte er und verbat sich den nächsten Gedanken, aber er wusste trotzdem, dass sie lauschten. Vielleicht unterhielten sie sich auch im Flüsterton.

»Zu viel getrunken hat er ja nicht, nicht einmal zwei Gläschen. Aber das Essen, das wird er nicht mehr gewöhnt sein.«

»Was gibst du ihm auch das pure Fett zum Kosten.«

»Was, ich? Jetzt bin ich Schuld. Der Schafskäse wird es gewesen sein, den hat er als Kind schon nicht vertragen.«

Die Übelkeit war noch da, sie saß im Magen. Jetzt erst nahm Johannes das durchdringende Sirren der Fliegen wahr und dachte plötzlich an die Beschreibungen seiner Kunden. Hoffentlich war das nicht das Geräusch, das man im Ohr hatte, wenn man taub geworden war.

Er musste sich übergeben. Wenn er sich wieder an den Tisch setzen wollte, wenn er mit dem Onkel zurück in die Stadt fahren wollte, führte kein Weg daran vorbei. Er holte ein paar Mal tief Luft. Als er sich über das Loch beugte, zwang er sich hinzusehen. Durch die Bretter des Verschlags fiel genug Licht, sodass er, nicht einmal anderthalb Meter unter sich, den wässrigen Brei erkennen konnte, durchsetzt mit Fäden aus sich auflösendem Papier. Er horchte noch einmal in den Hof und merkte, dass jetzt gesprochen wurde. Das beruhigte ihn nicht, das hieß, dass man es vielleicht bis an den Tisch hören würde, wenn er sich übergab. Er öffnete den Mund und tastete mit dem Zeigefinger den Gaumen ab, Stück für Stück weiter nach hinten. Der Magen war schnell wieder da, sprang als bitterer Geschmack in den Rachen. Johannes' ganzer Körper bog sich zu einem Würgen. Er zwang sich, die Augen offen zu halten, drückte mit dem Finger nach, dasselbe noch einmal, es passierte nichts.

Den Finger bis zum Anschlag im Hals stand Johannes da, atmete den Geruch von Scheiße, aber alles, woran er denken konnte, war die Stimme seines Onkels. Er hatte ihn bis zu sich hinein gehört: »Na, jetzt aber, jetzt speit er.«

»Willst nicht noch zum Friedhof gehen?«, fragte die Mutter, während sie den Tisch abräumte. Sie schob mit einem Papier die Brösel in ihren Teller, warf das Papier dazu und kippte nach einem prüfenden Blick in ihre Tasse den letzten Rest Kaffee darüber. Johannes schaute weg und starrte auf sein unberührtes Geschirr.

»Wir müssen nicht gleich los«, sagte der Onkel und lächelte, »ich hab sowieso noch was zu tun.«

Johannes rang sich ebenfalls ein Lächeln ab. »Bitte, können wir vor dem Mittagessen fahren?«

Der Onkel hob die Hände. »Meinetwegen, wenn du es so eilig hast.«

Johannes spürte, dass die Mutter ihn ansah. Er spürte auch, wie groß der Tisch geworden war, der Hof und das Haus. Wie groß das Dorf geworden war, die Straßen darin und darum herum, wie groß die Entfernung zur Stadt, zur nächsten Stadt, zur nächsten Grenze, wie groß die Entfernung zu allem war, was etwas mit einem Leben und einer Realität zu tun hatte. Er erhob sich.

»Gehst doch zum Friedhof?«

»Ich geh spazieren«, sagte Johannes laut und sah sie dabei kurz an.

»Vor dem Mittagessen dann.« Er wartete, bis der Onkel nickte. Dann trat Johannes durch das Tor auf die Straße hinaus.

14

Sie saßen nah beieinander. Im Hof dröhnte die Musik, seit Stunden immer wieder dieselben Kassetten. Vom Schwein troff das letzte Fett ins Feuer. Man würde es an sich riechen, die ganze Nacht und am nächsten Morgen. Der Geruch von verbranntem Fleisch würde in den Bettlaken hängen, auch noch in den kommenden Tagen.

Johannes starrte in die Flammen. Dahinter bewegten sich die Umrisse der Tanzenden, die mit den Sohlen ihrer besten Schuhe die Steine im Hof blankrieben. Es gab eine Hochzeit im Nachbardorf. Kaum waren Johannes und David achtzehn geworden, heiratete schon der Erste, der mit ihnen zur Schule gegangen war. »Was für ein Blödsinn«, hatte David gesagt. »Wer heiratet denn jetzt? Was gibt es denn zu feiern?«, und Johannes hatte ihm zugestimmt, obwohl er froh war, dass es noch Hochzeiten gab, mit einem Schwein am Spieß und Leuten, die ihre guten Schuhe noch nicht in eine Kiste für bessere Zeiten gelegt hatten.

Vor ein paar Wochen hatten sie begonnen, so oft es ging an den Weiher zu fahren, und Johannes meinte jetzt schon zu spüren, dass er kräftiger geworden war. An den Oberarmen traten Muskeln hervor, wenn er sich morgens wusch, und die Stellen in seinem Rücken, die vom Schwimmen schmerzten, waren zu festen Knoten geworden. Er sah anders aus, selbst sein Gesicht schien sich verändert zu haben.

David gähnte. Es war weit nach Mitternacht, die meisten Flaschen auf den Tischen leer. Johannes trank seit einer Stunde an demselben Glas Wein.

»Willst du noch lange bleiben?«

David zuckte die Schultern. Er hatte die Ellbogen auf die Knie gestützt, zog eine Packung Streichhölzer auf und schob sie wieder zu, so wie er es immer tat, kurz bevor er rauchte. Johannes beobachtete, wie sich die Haut über Davids Knöcheln spannte, wie sich das Weiß zwischen den Fingern abhob von der Sommerbräune auf dem Handrücken. Sie hatten sich unzählige Male die Hand gegeben, zur Begrüßung und zum Abschied, aber Johannes hätte nicht sagen können, ob Davids Hände weich oder rau waren und wie sich diese durchscheinende Haut zwischen den Fingern anfühlte. Auf einmal dachte er an den Moment, wenn man beim Schwimmen müde wurde, die ausgestreckten Arme kraftlos nach hinten schob und dabei die zusammengepressten Finger öffnete, sodass das Wasser hindurchglitt und man den Widerstand wie eine Berührung spürte.

»Ich rauch noch eine, dann können wir gehen«, sagte David und zog die Schachtel auf. Er schüttelte das brennende Streichholz aus und nahm den ersten Zug. Die Musik verstummte, jemand drehte die Kassette um. Die Geräusche aus dem Hof hingen in der Luft, verhaltene Stimmen und ein Lachen, das verlegen klang wegen der plötzlich eingetretenen Stille. Jemand fing grölend an zu singen und alle schrien auf, halb empört und halb belustigt. Johannes sah zu David, der abwesend ins Feuer schaute und rauchte. Er bemerkte Johannes' Blick.

»Entschuldigung«, sagte er. »Willst du?« Er hielt ihm die Zigarette hin. Johannes nahm sie entgegen und zog daran.

Das Nikotin stieg ihm zu Kopf, er spürte, wie sein Nacken heiß wurde und er gleichzeitig eine Gänsehaut bekam. Die Musik lief wieder und er hatte plötzlich Lust, aufzustehen und zu tanzen. Stattdessen drehte er sich zum Tisch, griff nach dem Wein und trank direkt aus der Flasche.

»Was ist denn jetzt los, ich dachte, wir gehen?« David lachte. Johannes war sich sicher, dass es anders klang als sonst.

»Eine Runde noch«, sagte er und wartete, bis David ihm das Glas hinhielt. Johannes schenkte ein und David setzte zum Trinken an. Er lächelte dabei und ließ Johannes nicht aus den Augen.

Johannes betrachtete seinen erhobenen Arm, die Adern zeichneten sich darauf als verzweigte Erhebungen ab. Ohne nachzudenken legte er den Finger auf eine davon, bis sie unter dem Druck nachgab. David schluckte und ließ das Glas sinken. Er schaute geradeaus und rührte sich nicht. Auf einmal wirkte er jünger und kleiner, der Rücken schmaler, und nur deshalb wagte Johannes, nach seiner Hand zu greifen und die Finger dorthin zu schieben, wo die Sonne Davids Haut nicht erreicht hatte.

~

Johannes trat vorsichtig auf, ging mit dem rechten Fuß fast nur auf dem Ballen und drückte das Bein nicht ganz durch. Er hatte sich schon beim Begräbnis des Vaters in den Anzugschuhen eine Blase gelaufen. Das Taschentuch, das er hinter die Ferse geschoben hatte, half nichts.

Wenigstens hatte sich sein Magen beruhigt, die Autofahrt mit dem Onkel war zu schaffen. Er blieb stehen und zog mit schiefem Mund die Ferse aus dem Schuh. Er trat so lange auf den Hinterriemen, bis er einknickte, und humpelte weiter. Hoffentlich beobachtete ihn niemand.

Nur ein Mal zu dem Haus gehen. Die Straße entlang und zwei Mal abbiegen. Das Haus, das er nicht hatte sehen können, als sie ins Dorf hineingefahren waren. Nur ein Mal schauen, was daraus geworden war, ob es den halbtoten Aprikosenbaum noch gab. Nur einmal schauen, wer dort wohnte. Ob dort überhaupt noch jemand wohnte, den er kannte.

Er bog rechts ab und fuhr zusammen. Am Straßenrand, vor einem der Tore, stand ein Hund und fing an zu bellen. Es war ein struppiger Hund, nicht besonders groß, und das Fell hatte eine unbestimmte Farbe, gescheckt und staubig. Das Gebiss lag bis zu den Lefzen bloß und glänzte vom Speichel. Johannes blieb stehen. Der Hund trug kein Halsband, es war nicht zu erkennen, ob er zu einem der Höfe gehörte. Sein Bellen war schrill und tief darunter lag ein Grollen. Sein Körper war gespannt wie eine Feder.

Johannes ging langsam in die Hocke. Ohne den Hund direkt anzusehen, behielt er ihn im Blick und ließ die Hand über den Schotter gleiten. Er spürte einen schwereren Stein unter den Fingern und hob ihn auf. Als er sich langsam erheben wollte, machte der Hund einen Satz nach vorne. Johannes' Herz zuckte, er schloss die Hand fester um den Stein. Dann ging er weiter, rutschte mit der aufgeriebenen Ferse zurück in den Schuh und machte Schritt für Schritt. Bis zur nächsten Ecke waren es keine hundert Meter.

~

»Gehen wir woanders hin«, sagte David, seine Stimme klang rau. Johannes nickte.

Sie hielten Abstand voneinander, als sie den Hof überquerten. Niemand achtete auf sie, die anderen tanzten weiter, und ohne sich noch einmal nach ihnen umzudrehen, zog Johannes das Tor hinter sich zu.

Auf der Straße musste er blinzeln, die Dunkelheit war dort dichter und der Mond nur eine dünne Sichel. David ging zu der Stelle, an der sie die Fahrräder zurückgelassen hatten, zog eines am Lenker hervor und schüttelte den Kopf. Jemand musste sie umgestellt haben. Sie suchten entlang des Zauns, die Köpfe gesenkt, und blieben hin und wieder stehen, um einen Schritt zurückzutreten, damit das Mondlicht auf die Räder fallen konnte.

David schnalzte mit der Zunge und stieß ungeduldig die Luft aus. Johannes musterte seinen Rücken, das Hemd, das sich darüber spannte, wenn er sich nach unten beugte.

»Da sind sie«, rief David und zerrte ein Rad hinter einem anderen hervor. »Deppen.« Er schob das zweite Fahrrad in Johannes' Richtung.

Erst als sie losfuhren, merkte Johannes, wie betrunken er war. Er hatte Mühe, in der dünnen Fahrrinne zu bleiben. Im Mondlicht schwammen silbrig die Felder, flimmerten wie ein unscharfes Fernsehbild, und Johannes musste den Blick auf das Rücklicht von Davids Fahrrad heften, damit ihm nicht übel wurde.

Auf halbem Weg zwischen den beiden Dörfern stand eine unbenutzte Scheune. Stürme hatten ihr Dach abgedeckt und das Unkraut hatte begonnen, in die Zwischenräume der morschen Holzlatten hineinzuwachsen. David bremste ab, der Staub wirbelte kurz sichtbar in die Dunkelheit und war sofort wieder verschwunden. Er schob das Fahrrad ein paar Meter ins Gras und ließ es dann fallen, ging schnell zu der Scheune, rannte beinahe, und Johannes folgte ihm. Sein Hals fühlte sich eng an, er atmete flach.

Für die Grillen war es schon zu spät, das Feld war still, wie ein geschlossener Raum, und nur das Blut rauschte Johannes in den Ohren. Die Brennnesseln vor der Scheune wuchsen hoch und er hob die Arme, um sie nicht zu berühren.

Schemenhaft sah er Davids helles Hemd an der Scheunentür, hörte ein Knirschen und dass er leise fluchte. Eine Weile stand Johannes hinter ihm und beobachtete, wie er versuchte, den Riegel aufzuschieben. Irgendwann legte er David die Hand auf die Schulter. Der hielt inne. Dann drehte er sich um, zu schnell, sodass er kurz das Gleichgewicht verlor, fasste Johannes um die Hüfte und zog ihn zu sich.

Seine Lippen waren hart, doch als Johannes den Mund öffnete, wurden sie weicher. Alles wurde weicher, sein Griff, seine Brust, gegen die Johannes sich lehnte. David atmete in seinen Mund, mit langen Zügen, wie jemand, der die Luft hatte anhalten müssen.

Johannes schmeckte Zigaretten und Alkohol, legte die Hände in Davids Armbeugen und spürte die erhabenen Adern, die an den hochgeschlagenen Ärmeln endeten.

Auf einmal kam wieder Bewegung in David. Johannes merkte, dass er seinen Gürtel öffnete, er keuchte, als David den Reißverschluss aufzog. Er schob die Hand in seine Unterhose und Johannes wich zurück, aber Davids andere Hand lag in seinem Rücken, mit festem Griff, und Johannes löste die Lippen von Davids Lippen und legte den Kopf an dessen Wange. Davids Hand schloss sich um seinen Penis. Mit seinem ganzen Gewicht lehnte Johannes sich an ihn, bettete die Stirn auf seine Schulter und hörte Davids Atem, der so schnell ging wie sein eigener.

~

Er war jetzt fast auf gleicher Höhe mit dem Hund. Das Bellen hatte sich verändert, die Abstände, in denen er knurrte, waren kürzer geworden und er neigte den Kopf leicht zu den Vorderbeinen, wie kurz vor einem Sprung. Johannes heftete den Blick an die Stelle, wo er in die nächste Straße einbiegen konnte, und unterdrückte den Drang loszurennen. Langsam ging er an dem Hund vorbei. Als das Tier in seinem Rücken war, hörte er, wie das Bellen näher kam und der Schotter unter den Schritten des Hundes knirschte.

Wenn er einen der Höfe bewachte, würde er Ruhe geben, sobald Johannes um die Ecke war. Er dachte an die nassen Zähne und die Lefzen, in deren Winkel der Speichel schäumte. Noch während er sich nach links wandte, merkte Johannes, dass das Tier stehenblieb, von den Steinen unter seinen Pfoten war nichts mehr zu hören. Johannes bog ab und horchte auf das leiser werdende Bellen. Die Finger, die er um den Stein geschlossen hatte, waren schweißnass. Als der Hund endlich verstummte, drehte Johannes sich um. Er war ihm nicht nachgekommen.

Johannes machte noch einige schnelle Schritte, bevor er stehenblieb, dann ließ er den Stein fallen. Stoßweise kam die Luft aus ihm, so als wäre er doch gerannt. Er atmete ein und aus und stützte die Hände auf die Knie. Erst jetzt fiel ihm seine Ferse wieder ein und er zog sie aus dem Schuh. Am Hinterriemen war ein Blutfleck. Johannes trat darauf und ging weiter. Einige Meter entfernt stand Davids Haus.

Die Mutter lachte auch noch, als Johannes um das Auto herumging und die Beifahrertür aufzog.

»Das hätte ich gern gesehen«, sagte sie und hielt sich die Hand vor den Mund. »Wie du das arme Viech mit einem Stein totschlägst.«

Der Onkel lachte ebenfalls, hielt sich an der offenen Tür fest und ließ sich schwer auf den Fahrersitz fallen. Johannes hob die Hand. »Bis morgen dann«, sagte er.

»Ja, ja«, sie winkte ab und lachte dabei immer noch. »Schlaf dich nur einmal aus.«

Johannes schloss die Autotür, der Onkel startete den Motor. Dass der Hund zu einem der Höfe gehöre und völlig harmlos sei, hatten sie gesagt, als er ihnen erzählte, warum er auf dem Rückweg das halbe Dorf umrundet hatte. Ein richtiger Angsthase sei der Hund und alles, was er tue, sei bellen, sonst nichts.

Bis sie auf der Landstraße waren, brummte der Onkel hin und wieder noch, lachte in sich hinein, mit geschlossenem Mund, und Johannes starrte aus dem Fenster.

Der Aprikosenbaum war nicht mehr dagewesen. Vielleicht war ihm auch die andere Hälfte weggestorben, die, die noch Früchte getragen hatte. Vielleicht war auch die verrottet, kurz nachdem Johannes fortgegangen war oder erst Jahre später. Ein Stumpf war noch dagewesen, flach und unscheinbar. Ohne ihn hätte Johannes gedacht, sich vielleicht im Haus geirrt zu haben.

Das Haus stand nicht leer. Im Hof hörte er zwei Kinder atemlos kreischen, hörte ihre kleinen schnellen Schritte und wie sich Erwachsene unterhielten. Das Fenster zur Straße war geöffnet, ein Vorhang blähte sich in den Raum hinein, der das Schlafzimmer von Davids Eltern gewesen war. Johannes hatte sich nach allen Seiten umgeblickt. Schaute nach einem Auto, lauschte auf einen Motor, wartete auf einen Mann, der um die Ecke kam, auch wenn er wusste, dass das unmöglich war. Der beige Mann mit dem Allerweltsgesicht musste sich längst zur Ruhe gesetzt haben, musste umgeschult haben, vom Schatten zum Durchschnittsmenschen. Der saß jetzt in irgendeinem Amt, in einem Büro, in einem Laden, oder verbrachte seinen Lebensabend in einer Zeitschrift blätternd in einem Lehnsessel oder ging mit gemächlichen Schritten in einem Park spazieren. Ein unbeschriebenes Blatt, dessen Rückseite alle kannten, aber das keiner mehr umzudrehen wagte. Anders durfte es nicht sein. Deshalb hatte Johannes sich zusammengerissen, die Anspannung ignoriert, die ihm in den Schläfen pochte, und die Straße überquert, um zu dem Haus zu gehen.

Der Onkel räusperte sich laut und rutschte auf dem Fahrersitz leicht nach vorne, dann seufzte er. Johannes spannte die Muskeln in den Unterarmen an.

»Und«, begann der Onkel und nahm beide Hände vom Lenkrad, um sie klatschend wieder fallen zu lassen, »wie gefällt's dir zurück daheim?«

Johannes hob kurz die Brauen. »Viel Grund zur Freude gab es bis jetzt ja nicht, oder?«

Der Onkel zuckte zusammen, als hätte man ihn bei etwas Verbotenem ertappt. »Ja, hast schon Recht.«

Ohne den Blick von der Straße zu lösen, nahm er die rechte Hand vom Lenkrad. Er fasste daneben, traf den Sitz und dann erst Johannes' Arm. Ungeschickt schlug er ihm auf den Ellenbogen und zog die Hand wieder zurück. Johannes drehte den Kopf zur Seite, der Himmel war bis zum Horizont wolkenlos.

»Johannes«, sagte der Onkel und räusperte sich noch einmal. »Du bist doch Ohrenarzt in Deutschland, oder?«

»Ich bin kein Arzt«, sagte Johannes und bemühte sich um einen neutralen Tonfall. »Ich passe Hörgeräte an für Menschen mit Schwerhörigkeit, ich bin«, er betonte jede Silbe, »Hörgeräteakustiker.«

Der Onkel nickte schnell. »Genau«, sagte er, »sowas.«

Er schwieg und Johannes wartete. Er wusste, dass er jetzt hätte nachfragen sollen, aber er tat es nicht. Stattdessen warf er einen Blick auf die Uhr. Nicht mehr lange.

»Johannes«, fing der Onkel wieder an, »deine Oma, weißt, die hört sehr«, er holte tief Luft, »sehr schwer.«

Johannes drückte den Rücken in den Sitz.

»Die geht nirgends mehr hin, verstehst, die will niemanden mehr sehen, die wollt ja noch nicht einmal zum Essen bleiben gestern.« Er machte eine Pause. »Das ist schon«, er zögerte, »schlimm.«

Johannes rührte sich nicht und verzog keine Miene. Der Onkel seufzte und fischte umständlich ein Taschentuch aus der Hosentasche, um sich die Stirn zu wischen. Er schob es zurück und seufzte noch einmal.

»Soll ich sie mir einmal anschauen?«, fragte Johannes laut. Er grub die Fingernägel in die Handballen und sah den Onkel von der Seite an.

»Ja«, sagte er und klang beinahe aufrichtig überrascht, »das ist doch eine Idee.«

Johannes hatte neben dem Tor gestanden und auf die Stimmen gelauscht. Hatte gehorcht, ob Namen fielen, hatte versucht, dem Gespräch zu folgen. Er hörte nichts Vertrautes, aber sicher konnte er sich nicht sein. Er schaute sich noch einmal nach allen Seiten um und beugte sich zu einem Spalt zwischen Tor und Zaun, fünf Zentimeter, die einen Blick in den Hof erlaubten, und er sah Menschen, eine Familie, die er nicht kannte, binnen Sekunden war ihm klar, dass sie Fremde waren. Er trat schnell zurück, bevor noch jemand sehen konnte, wie er da gebeugt vor dem Tor stand, nicht klopfte und sagte, was er wollte, sich nicht bemerkbar machte und vor dem Haus herumschlich wie ein Dieb. Er drehte sich um und ging die Straße zurück.

Er wusste nicht einmal, was er getan hätte, wenn Davids Familie noch dort gewohnt hätte.

15

Johannes lag auf der Hollywoodschaukel im Garten seiner Nachbarn, halb schlafend. Es roch nach Trauben, es war ein guter Sommer gewesen für die Reben, die, wie er wusste, als einzelner Trieb, eingeschlagen in ein Tuch, vor mindestens zehn Jahren schon über eine Grenze gekommen waren. Sie stammten aus einem Garten, über tausend Kilometer entfernt, stammten aus Sommern, die heißer und länger gewesen waren.

Johannes nickte ein und wachte wieder auf. Jemand hatte ein Radio angestellt, ein Schlager dudelte erst ein wenig zu laut und dann leiser im Garten nebenan. Johannes sah vor den Streifen des weiß-orangen Schaukeldachs den Himmel, verwaschen wie eine angelaufene Scheibe, sah den Wipfel des Zwetschgenbaums, auf dem das erste Braun wie verschüttete Farbe lag. Noch war der Herbst nur etwas Angemaltes, etwas noch nicht ganz Wahres, während die letzten Wespen in die Zuckerwasserfallen fielen.

Johannes richtete sich auf, die Schaukel quietschte. Er hatte noch Einiges zu erledigen, bevor die Nachbarn aus dem Urlaub zurückkamen. Er wollte die Blätter unter dem Kirschlorbeer hervorkehren, Unkraut jäten und die Steinplatten vor dem Gartenhaus vom Moos befreien. Er wusste, dass er das nicht tun musste, aber er wollte auch das Gartenhaus ausräumen und den grünen Filzbelag auf dem Boden austauschen, unter dem es wimmelte. Ohrwürmer und Asseln und ein schimmliger Geruch hatten sich dort festgesetzt. Die Nachbarn waren schon ein wenig zu alt, um so lange zu knien und einen neuen Boden auszulegen. Er würde das machen, auch wenn er nicht musste. Er hatte fast alles auf diesen letzten Tag geschoben und war die restlichen Nachmittage, die er im Garten verbringen konnte, auf der Schaukel gelegen und hatte geschlafen, so viel, als müsste er den Schlaf eines halben Lebens nachholen. Tagsüber schlief er besser als nachts, die Geräusche aus den angrenzenden Gärten beruhigten ihn, selbst wenn jemand den Rasen mähte. Tagsüber musste er nie fürchten, dass ein leise rauschender Strom durch seinen Traum fließen würde, sodass er in einem Traumgespräch auf einmal das Wasser hörte, etwas, das nur er wahrzunehmen schien, nie sein Gegenüber. Ein Geräusch, das jedes Wort zu übertönen begann, sodass er irgendwann fragen musste: »Was?«, und schließlich: »Hörst du das auch?«, und am Ende musste er schreien, über das Tosen hinweg, das seinen Kopf flutete, kurz bevor er aufwachte.

~

Sauberkeit war in Johannes' Familie der Ersatz für alles gewesen. Die letzte Ration Zucker hatten sie dem vor ihnen in der Schlange gegeben – aber dafür hatten sie doch die blank geputzten Fenster, die zu jeder Jahreszeit schmerzhaft grell die Sonne spiegelten. Der Vater hatte sein Gehalt nicht bekommen, aber dafür waren die Böden so sauber, dass man von ihnen essen konnte, wenn man wollte. Der Onkel hatte sich freiwillig gemeldet für eine Dienstreise nach Schweden und sein Chef hatte nur gelacht, aber sie hatten doch die frisch gestrichene Fassade. Der Chef hatte gesagt, der Onkel könne auf seine Dienstreise warten, bis die Pferde Ostern feiern, aber sie besserten doch alles aus, was kaputt ging, sie ließen doch nichts verlottern, sie hatten saubere Kleidung und Schuhe, da konnte die Stadt-Großmutter schauen, wie sie wollte. Der Staub konnte ihnen nichts anhaben, so hartnäckig, wie sie gegen ihn anputzten, wischten und fegten. Johannes kannte seine Kindheit und Jugend lang nichts anderes als raue Hände, die Haut über den Knöcheln immer kurz vor dem Reißen. Man musste sich nur leicht stoßen und die Haut platzte auf, dann brannte die Wunde lange und ausdauernd. Aber schlampig waren sie nicht, sie waren ordentliche, saubere Leute, und egal, wie viel der Vater soff, egal wie viel er vom Schnaps schwitzte, ein frisches Hemd trug er trotzdem jeden Morgen, kämmte sich die Haare und rasierte sich, sodass seine Wangen ständig gerötet und voller kleiner entzündeter Pickel waren.

Wenn er an seine Stadt-Großmutter dachte, erinnerte Johannes sich häufig daran, wie sie am Ende jeder Mahlzeit auf dem Tischtuch herumtippte, jeden Krümel auflas und in ihren leeren Teller rieseln ließ. Er hatte es unzählige Male gesehen, wenn er nach Badewasser riechend an ihrem Tisch saß und so lange aß, bis er nicht mehr konnte. Einmal, er war neun oder zehn und dachte nicht nach, fragte er sie. Er tippte auf dem Tisch herum, sammelte unsichtbare Krümel auf und fragte: »Warum machst du das immer so?« Er lachte leise, weil da nichts war auf dem Tischtuch, auf dem Platzdeckchen aus Plastik lagen.

Die Großmutter lachte nicht. Sie schwieg so lange, dass Johannes auf seinem Stuhl herumzurutschen begann und überlegte, was er sagen sollte, aber es fiel ihm nichts ein.

»Gefällt es dir nicht, wenn es sauber ist, Johannes?«, fragte sie irgendwann und lehnte sich zurück. Sie verschränkte die Arme vor der Brust. Das Kreuz um ihren Hals verrutschte und hing schief in einer der Blusenfalten.

»Doch«, sagte er. Unter der Tischplatte schob er die Hände mit den Handflächen nach oben unter die Schenkel und grub die Nägel in den Stoff der Hose.

Die Großmutter schüttelte den Kopf. »Weißt«, sagte sie, »es gibt Leute, die verlottern, die wissen nicht einmal, wie man Fenster putzt.« Sie löste die Arme aus der Verschränkung und beugte sich nach vorne. »So sind wir nicht«, sagte sie und wartete, bis Johannes nickte.

So und so waren sie nicht, das waren die anderen. Die, die für alle sichtbar zerbrachen, weil die halbe Familie fort war, weil in ihren Häusern die Hälfte der Zimmer leer stand oder weil sie Ärzte hatten werden wollen und stattdessen auf einer Baustelle arbeiteten. Die, die auf Familienfeiern so viel soffen, dass sie anfingen zu heulen, die, auch wenn alle hinschauten, ihr Kind ohrfeigten, sodass ihm die Lippe riss. So waren sie nicht.

»Ich hab keine Lust mehr«, sagte David und trat gegen den Ball. Er flog in einem flachen Bogen in Richtung Feld.

»Dann gehen wir nach Hause«, sagte Johannes und ging, um den Ball zu holen. Es war ohnehin zu warm, der erste heiße Tag Ende April, und die Sonne brannte von einem wolkenlosen Himmel auf die Felder.

»Das mein ich nicht.« David setzte sich in den Rasen. Er stützte die Arme auf die Knie und sah zu Boden. »Ich hab keine Lust mehr, hier zu sein.«

Johannes bückte sich nach dem Ball. »Dann gehen wir halt woanders hin«, sagte er.

»Johannes«, David schrie plötzlich. Er hob den

Kopf in seine Richtung und Johannes sah die Anspannung in seinem Körper. Wenn er gewollt hätte, er
hätte aus dieser Haltung in den Stand springen können. »Ich meine nicht den scheiß Fußballplatz.« Seine
Augen waren klein vor Wut. »Bist du schwer von Begriff, oder was?«

Johannes nahm den Ball unter den linken Arm
und dann wieder in beide Hände, er wusste nicht wohin damit. Ein Schweißtropfen lief ihm ins Auge, es
brannte.

David musterte ihn, Johannes verstand. Er hatte
schon vorher verstanden. Er sah, wie sich die nassen
Haare an Davids Schläfen kräuselten, sah, wie sich die
Röte von der Hitze in den Wangen hielt.

Er ging zu David, setzte sich neben ihn und starrte
an ihm vorbei auf das kaputte Tornetz. »Und wie
willst du es anstellen?«

»Schwimmen«, sagte David.

»Wieso denn schwimmen?«

»Weglaufen tun doch so viele, da passen sie schon
mehr auf.«

»Ich weiß nicht.« Johannes legte die flache Hand
auf den Fußball.

»Was weißt du nicht?«, fuhr David ihn an, streckte
das Bein durch und trat gegen den Ball. Er rutschte
unter Johannes' Fingern weg, seine Hand fiel ins Leere.

Er dachte an die Familie im Nachbardorf. Die vor

Jahren einmal einen zugenagelten Sarg bekommen hatte, einen Sarg zum Beerdigen statt eines Sohns, der zu dem Zeitpunkt schon seit drei Monaten fortgewesen war. Johannes wusste nicht, ob sie den Sarg geöffnet hatten.

David rieb sich die Stirn. »Woanders kann es nicht so sein wie bei uns. Das glaub ich nicht.«

Und Johannes hätte fast den Mund aufgemacht. Hätte fast gesagt, dass sie so und so nicht waren, dass es so und so schlimm nicht war. Er hob den Blick und sah David von der Seite an. Die Sonne hatte eine scharf gezogene Linie auf seinem linken Nasenflügel hinterlassen. Er war zu lange im Tor gestanden, die eine Hälfte des Gesichts der Sonne zugewandt. Johannes hatte das Bedürfnis, die Hand zu heben, ohne zu wissen, wozu. Stattdessen sagte er: »In Ordnung, dann machen wir es.«

16

Es war der Vater, der Johannes das Schwimmen beigebracht hatte. Johannes war höchstens elf Jahre alt
gewesen, er freute und wunderte sich, als der Vater
an einem Morgen sagte: »Komm, wir machen einen
Ausflug.« Johannes war zu jung, um den verschämten
Blick der Mutter zu deuten, zu jung, um zu verstehen,
was es mit dem hochroten Kopf der Großmutter auf
sich hatte.

Es war Frühsommer und der Vater, der an diesem
Tag noch keinen Schluck getrunken hatte, wollte einen Ausflug mit ihm machen. Er sah anders aus als
sonst, wirkte aufgeregt, seine Wangen glänzend und
die Augen wässrig, obwohl er nüchtern war. Wie sollte Johannes wissen, was das bedeutete.

Die Großmutter und die Mutter wussten es und
sagten nichts. Als Johannes und der Vater auf die Räder stiegen, standen sie vor dem Tor, stemmten die
Hände in die Hüften, wie Schwestern sahen sie dabei
aus. Die Großmutter noch immer rot, die Mutter
noch immer verschämt. Sie küsste Johannes auf den
Scheitel, bevor sie auf die Räder stiegen, und als die
Großmutter seine Hand nicht losließ, wand er sich
aus ihrem Griff.

Der Vater und Johannes kamen ins Schwitzen, als sie am Weiher das Schlauchboot aufpumpten. Der Vater scherzte, machte sich lustig, weil Johannes die Kraft ausging: »Du musst noch ein paar Knödel mehr essen.« Johannes lächelte unsicher und pumpte schneller.

Sie schoben das Boot in den Weiher und ruderten hinaus. Der Vater ruderte, sagte: »Erst ich, dann du«, zwinkerte und Johannes traute sich schließlich, die Hände seitlich aus dem Boot hängen zu lassen. Er griff ins Wasser und spürte Algen und den Druck des Wassers zwischen den gespreizten Fingern.

Nach einer Weile zog der Vater die Paddel ein, lehnte den Kopf zurück und schloss die Augen, er atmete ruhig. Johannes schaute auf das Grün der Wasseroberfläche, die das Tageslicht zurückwarf, grell und blitzend. Die Sonne brannte ihm auf den Kopf. Aus dem Gesicht des Vaters war aller Ausdruck verschwunden, die Falten hatten sich zu dünnen Linien geglättet, die Lippen waren ein weicher, wulstiger Strich, kurz davor sich zu öffnen. Johannes schloss ebenfalls die Augen.

»Nicht einschlafen, Johannes.« Der Vater saß aufrecht im Boot. Wann hatte er sich aufgerichtet, Johannes wusste es nicht. Er hielt einen Fahrradschlauch in den Händen, der Schlauch musste die ganze Zeit schon da gewesen sein, aber wo, hätte Johannes nicht sagen können. Er hatte nur auf das Gesicht des Vaters geachtet, auf jede Regung darin.

»Es ist wichtig«, der Vater spreizte Daumen und Zeigefinger und fuhr sich damit seitlich am Kinn hinunter, »dass man Schwimmen lernt.« Er hob den Fahrradreifen etwas an und ließ ihn wieder sinken. »Auf dem Dorf lernt nicht jeder schwimmen, was weiß ich, warum. Deine Mutter kann nicht schwimmen, deine Großmutter kann nicht schwimmen, dein Großvater konnte es auch nicht.« Er machte eine Pause, als würde er überlegen, wer ihm noch in den Sinn kam.

»Ich hab es in der Stadt gelernt«, fuhr er schließlich fort, »in einem Schwimmbad um die Ecke von unserem Wohnblock. Deine Großmutter ist mit mir manchmal hingegangen, sie hat mit mir dort im flachen Wasser gebadet, ein Thermalbad. Als ich so alt war wie du, hat sie mich zum großen Becken gebracht, dort hat ein Lehrer gewartet und drei, vier andere Kinder.«

Er beugte sich nach vorne, Johannes zwang sich, nicht zurückzuweichen. »Weißt du«, sagte der Vater, »wie wir dort schwimmen gelernt haben?« Er wartete Johannes' Antwort nicht ab, wog den Reifen in den Händen und sah über den Bootsrand aufs Wasser. »Der hat uns gesagt, wer es bis zum anderen Rand schafft, der kriegt eine Schokolade, der ist der Gewinner. Dann sollten wir reinspringen, einer nach dem anderen. Wer nicht gleich springen wollte, dem wurde gesagt, dass er ihn nach Hause schicken würde, dass die Eltern dann ganz umsonst Geld ausgegeben hätten für den Schwimmunterricht.«

Er streckte den Oberkörper, packte den Schlauch fester und schleuderte ihn mit einer schnellen Bewegung in den Weiher. Klatschend schlug er einige Meter entfernt auf die Wasseroberfläche. Der Vater sah Johannes an. »Wir sind alle gesprungen. Einer nach dem anderen. Und was soll ich sagen?«, er lächelte leise. »Am Rand angekommen sind wir alle. Manche haben mehr Wasser geschluckt als andere, aber ersoffen ist keiner. Der wusste schon, was er tut. Der wusste«, er packte Johannes' Arm und drückte zu, »der wusste, dass man lieber Schwimmen lernt, wenn man keine Wahl hat, außer zu ersaufen.« Er lachte. Er lachte wie vorhin, als sie das Boot aufgepumpt hatten, aber jetzt zog es Johannes den Magen zusammen, denn obwohl er den Fahrradschlauch nur aus den Augenwinkeln sah, erkannte er, dass er nur noch wenig Auftrieb hatte. Ein Teil davon war bereits abgesunken, und aus Erzählungen wusste Johannes, dass der Weiher tief war. Ein schwarzes, mit Wasser gefülltes Loch in der Erde. Wie in Gottes Namen konnte es so etwas überhaupt geben.

»Johannes!« Der Vater hob die Stimme. »Träum nicht!«

Johannes zitterte. Er wollte nicht, aber er spürte das Zittern schon in den Fingerspitzen, dort, wo man es auch am ehesten sehen konnte. Ein zitterndes Herz konnte man verbergen, zitternde Hände nicht.

»Komm«, der Vater klang jetzt geschäftig, »komm, du lernst schwimmen.« Er klopfte mit der flachen Hand auf den Rand des Boots, mit der anderen fuchtelte er in Richtung Fahrradschlauch. »Was ist, hast Angst, es sind nur ein paar Meter.«

Johannes starrte ihn an. Wie oft in seinem Leben war er sich sicher gewesen, dass er den Vater anschreien müsste. Bist du verrückt, müsste er schreien, bist du verrückt, willst du mich ersaufen lassen, lass mich in Ruh! Lass mich nach Hause gehen, du verrückter Versoffener, du böser Mann! Johannes schrie nicht. Er presste die Zähne aufeinander.

»Kriegst auch deine Schoklad.« Der Vater zwinkerte und zupfte an seinem Hemdkragen, um Johannes zu bedeuten, sich auszuziehen. Johannes zog das T-Shirt über den Kopf. Der Vater streckte die Finger ins Wasser und bewegte sie plätschernd hin und her. So überprüfte auch die Stadt-Großmutter die Temperatur des Badewannenwassers, das trotzdem immer zu heiß war, wenn Johannes hineinstieg.

»Ist noch ein bisschen kalt. Aber geht.« Der Vater wischte sich die Hand am Oberschenkel ab. Johannes zog die Hose aus. Schwankend stand er auf und versuchte, das Gleichgewicht zu halten.

»Also«, der Vater schlug in die Hände. »Wie ein Frosch, verstehst du?« Er ahmte Schwimmbewegungen nach. »Nicht wie ein Hund«, er drückte die Ellenbogen gegen den Körper und ruderte schnell mit den Händen, »da gehst du unter. Wie ein Frosch musst du es machen.«

Er suchte Johannes' Blick. »Musst keine Angst haben«, seine Stimme klang auf einmal sanft. Die Haare auf Johannes' Armen stellten sich auf. »Ich lass dich schon nicht ersaufen.«

Wütend wandte Johannes sich ab. Dunkelgrün lag das Wasser vor ihm. Vier, fünf Meter tief, dachte er. Bestimmt. Sollte er bis auf den Grund sinken, gäbe es niemanden, der ihn von dort wieder heraufholen würde. Es wäre ein Grab, das keiner mehr freischaufeln könnte. Er könnte den Vater bitten, dachte er noch. Er könnte ihn ja bitten, es anders versuchen zu dürfen. Er wusste, dass in den Ferien im Hochsommer hier manchmal die älteren Jungen schwimmen gingen. Er hatte gesehen, wie sie die, die es noch nicht konnten, in die Mitte nahmen, und zu dritt strampelten sie dann von einem Ufer zum anderen, so lange bis es auch alleine ging. Er könnte den Vater bitten, es so zu lernen.

Johannes drehte sich erschrocken um, als das Boot stärker zu schwanken begann und der Gummiboden ein quietschendes Geräusch von sich gab. »Warte, ich«, rief er, aber der Arm des Vaters war lang genug, er musste sich nur ein wenig nach vorne beugen, um Johannes zu erreichen, und stieß ihn, mit wenig Kraft und nachlässig, so wie man eine leichte Tür aufstößt, ins Wasser. Johannes fiel seitwärts, es war zu spät sich zu drehen, und schlug mit dem rechten Ohr aufs Wasser. Schmerz zuckte durch seinen Gehörgang bis in den Kopf. Er ging nur ein kleines Stück unter, orientierungslos ruderte er mit den Armen und kam irgendwie wieder an die Oberfläche. Er hustete und spuckte und holte dann röchelnd Luft.

»Zum Reifen, Kind«, rief der Vater. Johannes hörte genug, um zu wissen, dass er lachte. Dass er sich amüsierte.

Johannes begann sich zu bewegen, schnell, zu schnell, seine Muskeln erlahmten, er kam kaum vorwärts.

»Langsamer«, rief der Vater und Johannes dachte, langsamer, dann geh ich unter, wenn ich langsamer mache.

Das Wasser stieg ihm über Mund und Nase, er hielt die Lippen fest geschlossen und den Atem an. Er strampelte.

»Nicht wie der Hund, Johannes!«

Der Frosch. Der Frosch. Er zog die Beine an und streckte sie. Der Frosch ging auch nicht unter. Johannes ging nicht unter. Jedes Mal, wenn ihm Wasser in die Nase stieg, wurde er panisch und dachte, die Kraft und die Luft würden nicht reichen. Sie reichten, gerade so. Und auch der Schlauch reichte gerade so, um ihn über Wasser zu halten, als er ihn endlich zu fassen bekam.

»Hast ihn?«, rief der Vater.

Johannes nickte. Tränen rannen ihm über die Wangen. Es ist egal jetzt, dachte er, als er sah, dass der Vater begann, das Boot in seine Richtung zu rudern. Es ist egal. Der Vater konnte die Tränen vom Wasser ohnehin nicht unterscheiden.

Das Ohr blieb taub, aber Johannes sagte es keinem. Es schmerzte auch, hin und wieder spürte er ein Stechen tief im Gehörgang. Als er sich am Abend darauf im Bett mit Schwung von einer auf die andere Seite drehte, knackte es im Ohr und er spürte, wie das Kissen darunter nass wurde. Er erschrak. Er hob den Kopf und tastete auf dem Stoff herum. Er war so nass, als hätte er den ganzen verfluchten Weiher in seinem Ohr mit nach Hause getragen.

17

Nach über fünfzehn Stunden in einem vollen Reisebus kam er in dem Ort an der Adria an, von dem ihm Giulias Großmutter vor Jahren erzählt hatte. Caorle. Auf den Bildern im Katalog waren menschenleere Strände vor einem spiegelglatten Meer zu sehen gewesen, keine Wellen. Er hatte den Bus gebucht und ein Hotelzimmer für eine Woche.

Das Zimmer war weiß und spärlich eingerichtet, im Bad zog sich eine Schimmelspur quer über die Wand über der Toilette. Hinter dem angegilbten Lamellenrollo befand sich ein winziger Balkon, auf dem ein ungeleerter Aschenbecher stand. Rechts, links, oben und unten grenzte er an weitere Balkons derselben Größe. Die Wände waren dünn wie Papier und die halbe Nacht hörte Johannes Englisch und Deutsch, lachend, schreiend, über die Stunden hinweg lauter werdend. Italienisch hörte er kein Wort, auch nicht am Strand, wo kleine Kinder weinten und Erwachsene stundenlang in der Sonne schliefen, wo es nach Sonnencreme und flachem Salzwasser roch. Johannes legte auf der ihm zugeteilten Liege eine Postkarte auf ein Buch, um sie an Giulia zu adressieren. Die hatte nur gelacht und sich an die Stirn getippt, als er ihr vor ein paar Monaten erzählt hatte, wo er nach dem schriftlichen Teil seiner Gesellenprüfung Urlaub machen wolle. *Schöne Grüße aus dem Touristennest*, schrieb er. *Essen ist so lala, Strand zu voll. Wetter ist herrlich, morgen miete ich mir ein Auto.* Er hatte zu groß geschrieben und keinen Platz mehr. Er setzte seinen Namen unter den Text und schob die Karte in das Buch. Legte den Kopf auf die verschränkten Arme und schloss die Augen.

Am nächsten Tag ließ er sich an der Rezeption den Weg zu einer Autovermietung beschreiben. Nur wenige hundert Meter vom Hotel entfernt standen auf einem Parkplatz einige Kleinwagen, deren Scheiben in der Sonne blitzten. Johannes überquerte den Platz und betrat einen abgedunkelten Empfangsraum, in dem ein Ventilator brummte.

Er schob sich die Sonnenbrille auf den Kopf und fuhr sich mit dem Handrücken über die Stirn. »Buongiorno«, sagte er, obwohl er nach der Helligkeit draußen noch nichts erkennen konnte.

»Macchina?«, antwortete eine Stimme, bevor sich ein Mann in Johannes' Alter hinter dem Tresen aufrichtete. Ohne ihn anzusehen, begann er, Formulare auszubreiten, vor jedem Blatt, das er auslegte, leckte er sich über den Daumen. »Per quanto tempo?«

Johannes war froh, dass der Mann weder Deutsch noch Englisch mit ihm sprach. »Non lo so«, sagte er und lachte.

Der Angestellte hob den Kopf und sah Johannes prüfend an. Er hatte dichte Augenbrauen und einen unregelmäßigen Bart. Die Augen passten nicht zum Rest seines Gesichts, sie waren viel heller als sein Haar und heller als die Haut, weder blau noch grün, sondern blass und grau.

»Ştii româneşte?«, fragte er unvermittelt.

Johannes fuhr zusammen. »Da«, antwortete er und merkte, wie fremd sich die Sprache anfühlte, obwohl sich die Zunge wie selbstverständlich an das Wort legte. Es war, als würde man einen aus der Kindheit vertrauten Gegenstand nach Jahren wieder in die Hand nehmen.

Der Mann strahlte. Er hatte unfreundlich gewirkt, jetzt auf einmal sah er herzlich aus. Neben seinem Mund entdeckte Johannes dünne Lachfalten, außerdem hatte er ungewöhnlich weiße und gerade Zähne. Nur der rechte Eckzahn fehlte und Johannes dachte unwillkürlich »ausgeschlagen«.

»Was machst du in Italien? Urlaub?«

Johannes nickte.

»Schön.« Der Vermieter klopfte mit den flachen Händen auf die Unterlagen, »ich bin hier zum Arbeiten.«

Johannes schwieg. Der Mann sah ihn an, als würde er auf etwas warten, aber Johannes biss sich auf die Lippe und beugte sich über die Unterlagen.

Der andere folgte seinem Blick, er lehnte sich gegen die Theke. Dann erklärte er Johannes die Formulare, die Kosten und was bei einem Unfall oder Schaden zu tun wäre.

Johannes entspannte sich. Er mietete ein Auto für zwei Tage und unterschrieb die Dokumente.

»Ich zeig dir die Autos.« Der Vermieter ging zu einem Schlüsselkasten, der an der Wand hing, er nahm alle Schlüssel heraus. »Du kannst dir eins aussuchen.«

»Aussuchen?« Johannes hob erstaunt die Augenbrauen und der Mann lachte. Johannes folgte ihm nach draußen. Auf dem Parkplatz standen mehrere Fiats, ein blauer VW Polo und ein roter Opel Kadett mit schwarzem Spoiler.

Er zeigte auf das Auto. »Dann nehm ich den roten Opel, wenn das in Ordnung ist.«

Der Vermieter ging zu dem Wagen und legte die Papiere auf das Dach, um die Marke und das Kennzeichen einzutragen. »Der ist ganz schön, oder? Schaust du Rallye?«

»Rallye? Nein.« Johannes nahm den Durchschlag entgegen und faltete ihn in der Mitte.

Nach und nach öffnete der Vermieter alle Wagentüren. »Kannst dich schon mal reinsetzen, ich zeig dir, wie man alles einstellt«, sagte er und deutete auf den Fahrersitz.

Johannes stieg ins Auto. Das Polster war heiß, die Armaturen glühten.

»Also«, er ließ sich neben Johannes fallen und

streckte den Arm, um den Schlüssel ins Zündschloss zu stecken. »Der Tank ist voll, du musst ihn auch voll wieder zurückgeben. Den Spiegel«, er lehnte sich über Johannes, der den Oberkörper in die Lehne drückte, »den Spiegel stellst du hier ein.« Er tippte auf ein Knöpfchen zwischen Front- und Seitenscheibe, bevor er zurück auf den Beifahrersitz rutschte. Dann öffnete er das Handschuhfach und erklärte etwas zu den Papieren. Johannes' Blick folgte seinem schmalen Zeigefinger, mit dem er über die Zeilen fuhr.

»Wo willst du überhaupt hinfahren?«

Johannes hob den Kopf und sah ihm in die Augen. Sein Blick war ihm fremd. Viel fremder als die Stimme und die Worte, die ihn andauernd an etwas erinnerten. Er legte die Hände aufs Lenkrad, es war so heiß, dass er sie schnell wieder zurückzog. Durch die staubige Frontscheibe schaute er über den Parkplatz.

»Ich weiß noch nicht genau«, sagte er. »Wo man in Ruhe schwimmen gehen kann.«

Johannes fuhr beinahe drei Stunden, bis er einen Strand ohne Sonnenschirme fand. Durch eine Reihe Pinien hindurch gelangte man zu einem schmalen Kiesabschnitt. Die Sonne stand bereits tiefer, es war windig, sodass man die Hitze weniger spürte. Das Meer rollte in kleinen Wellen ans Ufer, in ihr Rauschen mischte sich das Klackern der sich übereinanderschiebenden Steine. Johannes zog die Schuhe aus und ließ sie stehen. Schnell lief er über die heißen Kiesel in die Brandung.

Das Wasser umspülte seine Füße, es war kühl und klar und wurde schnell tiefer. Hinter dem hellen Streifen in Ufernähe lag ein dunkelblauer Abschnitt.

Die Steine bohrten sich in die Sohlen und zwischen die Zehen. Immer wieder musste er das Gewicht verlagern. Er schaute auf seine Hände, auf die Bräune, die sie erst in den letzten Tagen bekommen hatten, weil er den ganzen Frühling und den Sommer zuvor mit der Vorbereitung auf die Prüfungen zugebracht hatte. Johannes war gern zu den Berufsschulblöcken nach Lübeck gefahren. Gleichzeitig war er froh, dass seine Ausbildung nun fast vorbei war. Vor wenigen Wochen war er zum vorletzten Mal dort gewesen, hatte zwei Tage lang in stickigen Klassenzimmern gesessen und die Theorieprüfung absolviert, vor den beschlagenen Fenstern immer dasselbe Wetter, ein an- und abschwellendes Geräusch von Regen, ansonsten Stille, in die höchstens ein Stuhl rückte oder jemand sich räusperte. Johannes war nicht sicher, wie es gelaufen war, er hatte zu wenig Zeit für die letzten Aufgaben gehabt.

Danach hatte er den Koffer aus dem Internat geholt und sich von den anderen verabschiedet. Sein Zug ging in zwei Stunden. Er war den Weg gegangen, den er immer nahm, wenn er zum Bahnhof musste. Er passierte zwei Brücken über die Trave, die er kein einziges Mal, seitdem er hierher kam, in Aufruhr gesehen hatte. Es war kaum zu glauben, dass sie nur wenige Kilometer entfernt zum Meer wurde.

»Johannes!«

Er drehte sich um und sah, wie sich einer seiner Mitschüler näherte. Sein Gesicht wurde heiß, weil er ihnen vorhin erzählt hatte, dass er schnell zum Bus müsse, um seinen Zug zu erwischen.

»Bus verpasst?«, fragte Jan.

»Ja, ich nehm dann einen Zug später.«

»Alles klar.«

Sie starrten eine Weile auf den Fluss, das Schweigen wurde unangenehm.

»Es wird komisch sein, hier nicht mehr herzufahren«, sagte Johannes irgendwann.

Jan stützte die Arme auf das Geländer. »Ja«, sagte er, »stimmt.«

Johannes sah auf die Uhr. »Ich muss …«, aber Jan deutete in Richtung Wasser.

»Schade, dass wir hier nie schwimmen waren«, sagte er.

»Darf man hier schwimmen?«

»Naja«, Jan trat vom Geländer zurück, »nicht direkt hier, das sieht nicht so sicher aus. Ich glaube, es gibt auch Badestellen. Aber«, er lachte, »irgendwie war das Wetter doch fast immer schlecht, wenn wir hier waren.«

Johannes schaute auf den Fluss, auf die Strömung, die die graue Spiegelung des Himmels unter der Brücke hindurchtrieb. Auf die Ufer. An das eine grenzte ein Grünstreifen, von dem anderen führte ein Bootssteg ins Wasser.

»Hier kann man schon durchschwimmen«, sagte er.

»Hm?«

Johannes sah Jan an, er konnte den Mund nicht halten. »Man könnte hier durchschwimmen«, sagte er noch einmal und beschrieb mit dem ausgestreckten Arm eine Linie von einem Ufer zum anderen. »Locker.«

Jan lachte unsicher. »Wer weiß, was es hier für Strömungen gibt.«

»Nein«, Johannes schüttelte den Kopf und klopfte mit beiden Händen auf das Geländer. »Das wäre schon zu schaffen.«

»Okay.«

»Im Ernst«, sagte Johannes laut und drehte sich zu ihm. Jan trat einen Schritt zurück. »Ich weiß, dass man da durchschwimmen kann.«

»Ist in Ordnung«, Jan hob die Hände, »kann gut sein, dass das geht.«

Johannes öffnete den Mund und schloss ihn wieder. Wandte sich zum Fluss und atmete durch. Er versuchte zu schlucken und schaffte es auf Anhieb.

»Ich muss dann auch«, sagte Jan. »Wir sehen uns im Juni.« Johannes nickte. »Gute Fahrt.«

Johannes riss sich zusammen und hob kurz den Blick. »Danke«, sagte er. »Bis bald.«

Er blieb noch stehen, nachdem Jan gegangen war. Das Nieseln wurde stärker, wurde kein Regen, aber sorgte doch dafür, dass ihm das Wasser allmählich aus den Haaren auf die Stirn lief. Dass seine Füße kalt wurden. Er schaute auf den Steg und stellte sich vor, wie es gewesen wäre, wenn sie im Sommer hier baden gegangen wären. Oder wenn er, wie die anderen es manchmal getan hatten, zumindest am Ufer gesessen wäre, mit ihnen Bier getrunken und über den Unterricht und die Zwischenprüfungen gesprochen hätte. »Die Hörakustik ist eine gut vernetzte Branche«, hatte eine der Lehrerinnen einmal gesagt, »Sie knüpfen hier Bekanntschaften fürs Leben.«

Der Fluss war ein lächerliches Rinnsal, ein Bach höchstens. Johannes trat einen Schritt zurück. Noch eine gute Stunde, bis er am Bahnhof sein musste. In der Zeit hätte er die Trave drei Mal durchqueren können. David hätte gelacht über den Fluss. Er hätte gelacht und sie hätten nie Angst haben müssen.

18

Lichter blitzten, Johannes lief der Schweiß den Rücken hinunter. Er fuhr sich mit der Hand durchs Haar und wischte sich die Finger an der Hose ab. Giulia war vor einer Stunde an die Bar gegangen, so schien es ihm zumindest. Er trank von seinem Bier und tanzte, unter Kondenswasser, das von der Decke tropfte. Es war eng, Ellbogen und Hüften streiften ihn.

Vielleicht war Giulia gegangen. Oder ihr war schlecht geworden. Egal. Das Lied wechselte und ein Aufschrei ging durch die Menge, mehr Bewegung, bevor alle wieder die Kraft verließ. Die Disko war ein altes Kellergewölbe ohne Fenster, die Luft ballte sich zu einer heißen, brüllend lauten Kugel.

»Da!«, schrie ihm jemand ins Ohr und Johannes verschüttete Bier über seine Hand.

»Was?« Er drehte sich zur Seite, jemand hielt ihm ein Schnapsglas hin.

»Ich hab eins zu viel gekauft.«

Johannes versuchte, den Blick scharfzustellen, es gelang ihm nicht. Er konzentrierte sich, um das Glas nicht zu verfehlen, als er danach griff. »Danke!«, rief er und trank aus. Der Schnaps trieb ihm Tränen in die Augen. Der andere sagte etwas.

»Was?«

»Worüber du so froh bist, hab ich gefragt.«

Johannes grinste. Er war so betrunken, dass er es fast vergessen hatte. Das Gefühl, das ihm seit Tagen hinten im Rachen saß und wollte, dass er lachte oder weinte, eins von beidem.

»Bestanden«, sagte er.

»Was?«

»Ich hab meine Gesellenprüfung bestanden«, schrie er, drehte sich schwungvoll weg, rempelte jemanden an und entschuldigte sich.

»Glückwunsch.«

Johannes wandte sich zurück, der andere lächelte. Im Schwarzlicht leuchteten seine Zähne blau, sonst war er kaum zu erkennen. Johannes trat einen Schritt näher und sah, dass er bleich war, die Augen gerötet wie bei allen hier. Aber sie waren groß und ihr Ausdruck nicht ganz glücklich, wie von jemandem, der vor Stunden im Bett hätte sein wollen.

»Wie«, fing Johannes an, als er Giulia in seinem Rücken spürte.

Sie umschlang seinen Bauch und drückte seine Hüften nach links und rechts. »Bestanden!«, schrie sie, er wusste nicht zum wievielten Mal an diesem Abend, und er lachte und drehte sich zu ihr.

»Wo warst du?«

»Lange Kloschlange.« Sie nahm ihm sein Bier ab und trank es aus, schüttelte sich kurz.

»Wer war das?« Sie schaute an Johannes vorbei.

»Keine Ahnung.« Er wandte den Kopf und suchte die Menge ab, aber er sah kaum weiter als einen halben Meter. Das Schnapsglas hielt er noch in der Hand. Er machte einen Schritt zwischen die Tanzenden, reckte den Kopf Richtung Bar und stellte fest, dass er nicht einmal wusste, was der andere angehabt hatte. Er schloss die Hand fest um das Schnapsglas und steckte es in die Brusttasche seines Hemds, bevor er sich zurück zu Giulia drängte.

Das Lied brach zu abrupt ab, jemand grölte, dann begann das nächste und Giulia und Johannes schrien gleichzeitig auf. Giulia machte einen Schritt zur Seite und stellte die leere Flasche auf einen der Stehtische. »Gloria«, rief sie, streckte den Zeigefinger vor dem Gesicht aus und schaute daran vorbei auf Johannes, »I think they got your number.« Johannes lachte. Er fasste sie bei den Händen und sie sprangen so lange, bis sie nicht mehr konnten.

~

»Es ist zu viel Öl«, sagte Giulia, die sich über den Herd beugte. »Die gehen nicht auf.«

»Die gehen schon auf.« Johannes betrachtete die Maiskörner, die in Öl und Salz schwammen. Aus der Pfanne entwich Dampf, unter dem Deckel zischte es.

Giulia rümpfte die Nase und ging ans Küchenfenster, um es zu öffnen. Es war Dezember, ein nasskalter Abend, im Hof durchtränkte der Schnee von vor drei Tagen den Rasen. Zwischen den gelben Maiskörnern blühte ein weißes auf. »Schau, es geht.«

»Es ist trotzdem zu viel Öl.« Giulia nahm ihr Glas von der Anrichte und ging ins Wohnzimmer. Der Mais klopfte gegen den Deckel wie Finger auf eine Tischplatte. Johannes nahm die Pfanne am Griff und schüttelte sie, dann drehte er die Temperatur herunter. Am geöffneten Küchenfenster hing eine Lichterkette, mit Saugnäpfen an der Scheibe befestigt, die sich ständig lösten. Es hatte sie im Supermarkt im Angebot gegeben. Johannes hatte eine gekauft und war erst verärgert über die Saugnäpfe und dann froh, als er die Girlande an den Strom anschloss und das warme, sanfte Licht in die Küche fiel. Er schaltete die Deckenlampe aus, setzte sich an den Tisch und wartete, bis sich seine Augen an die Dunkelheit gewöhnt hatten. Schließlich konnte er sehen, wie die Lichter weiche, verwischte Punkte auf das Fensterbrett und einen Teil der Anrichte warfen, wie sie sich im Glas der Fensterscheibe spiegelten und dadurch heller wirkten, als sie eigentlich waren. Er ließ die Girlande die ganze Nacht an, vom Bett aus sah er ihren Schein auf der Wand im Flur.

Das Öl in der Pfanne zischte und er schwenkte das Popcorn noch einmal, als Giulia plötzlich in der Küchentür stand.

Johannes legte erschrocken eine Hand auf die Brust. »Was ist denn?«

»Komm mal.« Sie sah bleich aus, Johannes bemerkte einen getrockneten Weinfleck in ihrem rechten Mundwinkel. Er folgte Giulia ins Wohnzimmer, wo der Fernseher lief. Sie bückte sich und nahm die Fernbedienung vom Couchtisch, um die Lautstärke höher zu drehen. Johannes schaute auf den Nachrichtensprecher, der vor einer Karte von Rumänien saß. Die Städte Temeswar, Hermannstadt und Bukarest waren als gelbe Punkte hervorgehoben.

»Es gibt so eine Art Bürgerkrieg«, sagte Giulia und sah Johannes an, »vielleicht zeigen sie es nochmal.«

Johannes ging nah an den Fernseher heran, so nah, dass das Bild vor seinem Blick wie Schnee herunterrieselte. Es wechselte zu Aufnahmen von einer Straße, die er nach einer Weile erkannte. Menschen liefen vor einem Panzer, die rumänische Flagge krümmte sich über ihren Köpfen, in der Mitte einer jeden Flagge ein ausgeschnittenes Loch.

»Da war einer, der hat gesprochen wie du«, sagte Giulia, aber Johannes reagierte nicht. Er kniff die Augen zusammen, versuchte das Rieseln zusammenzusetzen, sah an dem Mann, der mit einem Mikrofon vor einer Menge stand, vorbei auf die Menschen dahinter. Strengte die Augen an, bemühte sich, nicht zu blinzeln, musterte ein Gesicht nach dem anderen, Mantel für Mantel, Mützen, Kopftücher, dann wurde eine andere Szene gezeigt. Johannes blinzelte, stellte den Blick scharf und begann von vorne, legte die flache Hand oben auf den Fernseher. Der Ton vibrierte unter seinen Fingern und er merkte, dass ihm schwindlig war, schwindlig vom Rieseln, vom Schauen oder vor Angst, wenn das überhaupt Angst war, was er spürte.

»Johannes«, Giulia stand neben ihm und berührte ihn an der Schulter, »was ist mit deiner Familie?«

Johannes lachte auf. »Um die musst du dir keine Sorgen machen«, sagte er, ohne den Blick vom Bildschirm abzuwenden. Nasen, Haare, Gesten, Blicke, jemand wurde interviewt, hinter ihm lagen Tote, von denen man nur die Füße sehen konnte. Noch einmal Bilder von einer Straße, Johannes spürte einen Druck in der Stirn, ein Mantel, eine Frau, eine erhobene Hand. Johannes schaute, suchte im Rieseln des Fernsehbilds, suchte und suchte, so wie er es auch in den nächsten Tagen tun würde, und fragte sich, wie man nach einem Gesicht suchen sollte, das man schon fast vergessen hatte.

»Meinst du nicht, die sind dort?«, fragte Giulia, als der Nachrichtensprecher mit einer Karte von Panama im Rücken wieder zu sehen war.

Johannes richtete sich auf und drehte sich zu

Giulia um. »Bestimmt nicht, Giulia. Die sind ganz be-stimmt nicht dort.«

Er ging zum Couchtisch, nahm Giulias Weinglas und leerte es in einem Zug. Sein Herz beruhigte sich nicht. Darum schenkte er sich nach, füllte das Glas bis zum Rand und trank noch einmal aus. Seine Hände und Füße wurden taub. Aus der Küche roch es nach verbranntem Fett.

19

Nachdem der Onkel ihn beim Hotel abgesetzt hatte, wollte Johannes Giulia anrufen. Er drückte den Arm an die Wand der Telefonzelle und lehnte den Kopf dagegen. Ließ es klingeln, zehn Sekunden, dreißig, lauschte dem Piepen vielleicht eine ganze Minute, bevor er auflegte.

»Kein Glück gehabt?«, fragte ihn der Rezeptionist und Johannes schüttelte den Kopf. »Ich versuch es später nochmal.«

Er ging zum Aufzug. Die Müdigkeit war verschwunden, seitdem er im Dorf dem Hund begegnet war. An ihre Stelle war eine gedämpfte Anspannung getreten, alles war wie in Watte verpackt, nur die Gedanken waren laut. Zum ersten Mal seit dem Vortag erinnerte er sich an sein Ohr. Es fiel ihm immer wieder zu, ständig hörte er seine Stimme gedoppelt. Er drückte den Finger ein paar Mal gegen den Knorpel, während er auf den Aufzug wartete. Nichts veränderte sich.

Johannes fuhr zu seinem Zimmer im zweiten Stock, er brauchte nur den Autoschlüssel, kein Bett und keinen Schlaf. Sein Atem rauschte im zugefallenen Ohr, als er die Zimmertür aufschloss, und er hörte das Pfeifen aus seiner Nase, während er den Schlüssel hinter der Heizung hervorzog, wo er zusammen mit dem Pass und ein wenig Bargeld lag. Als er sich von der Heizung weg zum Zimmer drehte, zuckte er kurz zusammen, weil das Bett gemacht war und sein Pyjama unter dem Kissen steckte. Schon im nächsten Augenblick schüttelte er den Kopf über sich selbst. »Du bist ein Idiot«, flüsterte er. Als ob der beige Mann in sein Zimmer käme, um das Bett zu machen. Er trat hinaus auf den Flur und drückte zwei Mal die Klinke der verschlossenen Tür nach unten, bevor er ging.

Im Handschuhfach ertastete er Papiere, Straßenkarten, einen Kugelschreiber. Und dann das Ledersäckchen, nach dem er suchte. Er zog es heraus, öffnete es und schüttelte die Stimmgabel auf seine Handfläche. Sie war Giulias Glücksbringer. Statt eines Schweins oder eines Kleeblatts, das man auf das Armaturenbrett kleben konnte, oder eines Engels, der vom Rückspiegel baumelte, hatte ihr Vater ihr für die Autofahrten nach Lübeck eine Stimmgabel geschenkt. Später hatte auch Johannes eine bekommen, bei den letzten Prüfungen hatte er sie dabei gehabt. Jetzt lag sie in der Schublade seines Garderobenschranks in Nürnberg und er fragte sich, was einem ein Glücksbringer brachte, den man nicht bei sich trug.

Er schlug die Stimmgabel auf den Handballen und spürte die Vibration des Tons in den Fingern. Er wollte sie an den Scheitel heben und zögerte. Schließlich drückte er sie in die Handfläche und der Ton verstummte sofort. Zusammen mit dem Säckchen steckte er sie in die Jackentasche. Mit der Stimmgabel würde sich bei der Großmutter schon etwas anfangen lassen. Irgendwie.

Er wollte sich gerade ein Restaurant für ein spätes Mittagessen suchen, als es anfing zu regnen. Auf der einen Seite des Himmels schien noch die Sonne, während aus einer schwarzen Wolke, die sich über die andere Seite zog, bereits die ersten Tropfen fielen. Johannes lief in einen Hauseingang, um sich unterzustellen. Er wartete, während es kurz dunkler wurde, bis die zunehmende Helligkeit die Spiegelung der Hausfassaden auf dem nassen Pflaster glänzen ließ. Leute, die sich Zeitungen über die Köpfe hielten, Taschen oder Halstücher, eilten an ihm vorbei, und hin und wieder traf ihn ein Blick und er sah weg. Die Luft war kühler geworden. Er öffnete den Mund und atmete aus, eine Wolke bildete sich vor seinem Gesicht. Er zog die Jacke enger um sich.

Als sich die Haustür in seinem Rücken öffnete, fuhr er zusammen, schnell drückte er sich an die Wand. Eine Frau trat in den Hauseingang, sie schnaufte und sah auf ihre Füße. Sie richtete ihre Schritte vorsichtig nach einem Stock aus. Erst als sie damit gegen Johannes' Schuhe stieß, blickte sie auf und sog erschrocken die Luft ein.

»Entschuldigung«, sagte Johannes auf Rumänisch.

»Haben Sie Ihre Stiefel vergessen?« Sie sah ihn an, das rechte Augenlid war von einem Gerstenkorn rot und geschwollen, ihre Lippen zitterten leicht.

»Bitte?«, fragte Johannes und schaute auf seine Füße, so als wäre er sich selbst nicht sicher. Die Frau folgte seinem Blick und wirkte plötzlich misstrauisch. Sie hob kurz den Stock und stieß ihn klackend in den Boden. »Ja, Ihre Stiefel.«

Johannes sah sie freundlich an, doch ihr Mund blieb verkniffen.

»Ich verstehe nicht«, sagte Johannes und merkte, wie sie die Fassung verlor. Sie schüttelte heftig den Kopf und stieß noch einmal den Stock in den Boden.

»Ja, weil Sie hier stehen und nicht reingehen. Sie wohnen doch hier, oder?«

»Ich wohne hier nicht, ich –«, antwortete Johannes und schloss den Mund, als er begriff, was nicht stimmte. »Entschuldigung«, sagte er und senkte den Blick, »ich hab nicht richtig verstanden.«

Die Frau musterte ihn wütend, schwer atmend schob sie sich an ihm vorbei. Kurz bevor sie auf die Straße trat, zog sie umständlich einen Schirm aus ihrer Tasche und öffnete ihn. Sie wankte, Johannes streckte den Arm aus, aber sie fing sich und ging mit kleinen Schritten davon.

Er legte den Kopf in den Nacken, der Putz rieb an seiner Kopfhaut. »Cheie«, sagte er leise und es war ihm nicht klar, wie er das Wort für Schlüssel mit dem für Stiefel hatte verwechseln können. Er schaute auf die Straße, auf das Pflaster, aus dem ein Spiegel geworden war, auf die Häuser, die Fenster, den Himmel und benannte alles, und erst, als ihm selbst das Wort für den Regenbogen eingefallen war, der sich mittlerweile wie mit einem Zirkel gezogen über den Himmel spannte, beruhigte er sich.

~

Das Erzählen hatte erst in Deutschland angefangen. Im Übergangswohnheim, mit den zwei Männern, die mit Johannes an einem Tisch in der Gemeinschaftsküche saßen und sich Notizen machten. Johannes war nervös gewesen, hatte jedes Wort lange im Mund gedreht wie ein faseriges Stück Fleisch, das man nicht zerkauen will. Bis es einer der beiden gemerkt hatte. Er legte Johannes kurz die Hand auf den Arm und sagte, dass er sich keine Sorgen zu machen brauche, er sei jetzt hier, es könne nichts mehr passieren.

»Sie sind jetzt in einem Land, in dem man reden darf«, sagte der Mann, den Johannes nur dieses eine Mal sah. Aber seine Fragen hörte er auch später noch, wieder und wieder. Er hatte es hundertmal und keinmal erzählt. Wie es gewesen und nicht gewesen war, was er mitbekommen hatte und was nicht. Was passiert war und was nicht. Er erzählte es in Mittagspausen bei der Arbeit, auf Ämtern, wenn die Leute dort zu viel Zeit hatten. Bei gemeinsamen Abendessen, zwischen den Berufsschulstunden in Lübeck. Seine erste Hausärztin in Deutschland sprach mit ihm zwei Minuten über seine Rückenschmerzen und zwanzig Minuten über Rumänien.

Johannes erzählte vom Dorfpolizisten. Er erzählte von Ausreiseanträgen, davon, dass es oft keinen Strom gab, dafür Lebensmittelrationen und einen Schwarzmarkt. Dass von allem zu wenig da war. Er erzählte von Reisen nach Österreich und Deutschland, von denen viele nie zurückkamen. Er berichtete von Leuten, die einmal etwas laut sagten und danach nur noch im Flüsterton sprachen. Dass man nicht gewusst hatte, nur ahnen konnte, mit wem man worüber reden durfte. Er erzählte, wie die Miliz im besten Restaurant der Stadt aß. Von dem Geld, das jemand bezahlt hatte, damit sein Sohn, der aus Deutschland zu Besuch kam, nicht zum Verhör musste.

Er erzählte das alles und es war alles gelogen. Obwohl er wusste, dass es so passiert war, dass sich Vieles davon genau so zugetragen hatte, fühlte es sich für ihn nicht wie die Wahrheit an. Für seine Wahrheit hatte es damals keine Worte gegeben und es gab sie auch heute nicht. Also sprach er über Dinge, von denen er meinte, dass die Leute sie hören wollten, über das, zu dem sie wie wissend nicken konnten, die Augen aufrissen oder erschüttert den Kopf wiegten.

Und weil er irgendwann nicht mehr erzählen wollte, fing er an, anders zu reden. Er begann, die Worte zu verkleinern, die Vokale zu verkürzen, fing an, die Zunge nicht mehr um das »R« zu legen, wie es die Dorf-Großmutter getan hatte. Er achtete darauf, welche Vokale er vertauschte, das »Ö« gegen zwei »E«, das »A« gegen ein »O«. Er hörte den Leuten beim Bäcker, auf den Ämtern, in der Straßenbahn zu und wusste, dass es nicht schwer war. Er musste keine neue Sprache lernen, nur eine alte ablegen, und sobald sie abgelegt war, würde er keine Fragen mehr beantworten müssen, mit Wahrheiten, die nicht seine waren.

– *Herr Seeler, sind Sie mit jemandem zusammen geflüchtet?*

– *Nein.*

– *Waren Sie in Rumänien Mitglied der kommunistischen Partei?*

– *Nein.*

– *Herr Seeler, hatten Sie oder jemand aus Ihrem näheren Umfeld jemals Kontakt zum Geheimdienst Securitate?*

– *Nein.*

– *Sind Sie sicher?*

– *Nein.*

– *Herr Seeler, haben Sie jemals mit dem Geheimdienst Securitate zusammengearbeitet?*

– *Ich weiß es nicht.*

– *Sie wissen es nicht?*

– *Nein.*

– *Herr Seeler, hat Ihnen jemand bei der Flucht geholfen?*

– *Nein.*

– *Waren Sie oder eine Person Ihres Umfelds jemals in Gewahrsam des Geheimdienstes Securitate?*

– *Nein.*

– *Herr Seeler, haben Sie die Absicht, nach Rumänien zurückzukehren?*

– *Nein.*

Die alte Sprache abzulegen gelang ihm nie ganz. Es erstaunte ihn, wie ausgeprägt das Gehör der Leute war, wenn es darum ging, etwas Fremdes zu erkennen. Oder etwas Vertrautes.

»Herr Seeler wird Ihnen das Prozedere erklären«, sagte Johannes' Chef und deutete auf den Stuhl vor dem Schreibtisch. Ein dürrer Mann nahm darauf Platz, eine dichte graue Locke kräuselte sich über seiner Stirn. Er sah gepflegt aus und trug einen Seitenscheitel und eine hellbraune Windjacke über einem karierten Hemd. Johannes konzentrierte sich auf das Hemd, der Mann war einer seiner ersten eigenen Klienten, aber bei Weitem nicht der erste, der mit einer beigen Jacke oder Hose in den Laden kam. Der Meister nickte ihnen beiden zu und schloss die Tür.

»So«, sagte Johannes deutlich und legte die Hände flach auf den Tisch, »wie schön, dass Sie zu uns gekommen sind. Ich kann mir vorstellen, dass das kein leichter Schritt war.« Der Mann beugte sich nach vorne, Johannes hob die Stimme noch etwas mehr.

»Ich werde Ihnen jetzt ein paar Fragen stellen. Ob Sie in Ihrem Beruf konstantem Lärm ausgesetzt sind, ob es in Ihrer Familie eine Veranlagung gibt. Seit wann Sie schlechter hören und so weiter. Lassen Sie sich Zeit.«

Johannes zog den Anamnesebogen auf dem Tisch zu sich heran. Der Mann folgte der Bewegung und sagte nichts. Er sagte eine ganze Weile nichts und Johannes überlegte, dachte nach, was in diesem Fall zu tun wäre, öffnete den Mund, aber da räusperte sich sein Gegenüber.

»Entschuldigung, wenn ich«, er zögerte, »wenn ich so direkt frage, aber sagen Sie, kommen Sie vielleicht aus Rumänien, kann das sein?«

Johannes spürte seine Wangen heiß werden, er nahm die Hände vom Tisch.

»Ja«, sagte er leise und riss sich dann zusammen. »Ja«, wiederholte er lauter, »komme ich.«

Das Gesicht des Mannes hellte sich auf. »Schön, wie schön, dann sind wir Landsleute«, rief er, »woher denn genau?«

Johannes versuchte, die Mundwinkel oben zu halten. Dafür hatten die Praxisbeispiele in Lübeck keinen Rat gehabt. »Nähe Temeswar«, sagte er.

»Ach ja, ich auch, schön! Der Name Seeler sagt mir jetzt nichts, aber muss ja nichts heißen. Und seit wann in Deutschland?«

»87.«

»Ach so, noch nicht so lang. Meine Frau und ich sind schon in den Siebzigern weg.«

Johannes griff nach einem Kugelschreiber. Er wünschte sich an die Anmeldetheke.

Der Mann schaute auf den Stift in Johannes' Hand und rieb sich die Oberschenkel. »Ja«, sagte er langsam, »und sagen Sie, sind Sie manchmal noch dort?«

Johannes zuckte zusammen. »Bitte?«

»Haben Sie keine Familie mehr dort?«

»Doch.«

»Ah«, der Mann nickte und sah Johannes in die Augen.

»Aber ich war nicht mehr dort, nein«, sagte er und fuhr sich mit der Zunge über die trockenen Lippen.

»Ach so, aber die Eltern sind noch unten, ja?«

»Ja.«

Der Mann schwieg. Johannes senkte den Blick auf die Tischplatte, ließ ihn zwei Sekunden zu lang dort ruhen, und hob dann den Kopf.

»Dann legen wir mal los, oder?«, sagte er bestimmt

und richtete den Oberkörper gerade auf. Er hielt den Stift über das Papier.

»Seit wann haben Sie Probleme mit dem Hören?«

Der Kunde öffnete den Mund und schloss ihn wieder. Dann endlich lehnte er sich zurück und fing an zu erzählen. Johannes setzte den Stift auf und schrieb mit.

20

Geheimnisse hatten in Johannes' Familie einen hohen Stellenwert, allerdings nicht in dem Sinn, dass man sie für sich behielt. Sie zu hüten war eher nebensächlich, vielmehr ging es um den Reiz, überhaupt aus jeder noch so dummen Kleinigkeit ein Geheimnis zu machen, etwas, das der oder die auf keinen Fall erfahren sollte oder nicht unbedingt wissen musste. Denn dann wäre die oder der am Ende nur böse oder beleidigt, würde sich unnötig aufregen oder es noch dem oder der erzählen und die müssten es nun wirklich überhaupt nicht wissen. Die Lüge und das Geheimnis gingen in Johannes' Familie Hand in Hand, das Geheimnis war die Rechtfertigung für die Lüge. Zu jeder Sache, die geheim war, gab es eine alternative Wahrheit, die jeder der Eingeweihten im richtigen Moment parat haben musste. Hatte sich die Dorf-Großmutter eine der kleinen Eugenia-Biskuits in den Mund geschoben, die Johannes zum Geburtstag bekommen hatte, hieß es: »Aber sag nichts deiner Mutter«, und: »Wenn's mir schlecht geht, sag ihr, es kommt von ihrer fettigen Hühnersupp'.« Wenn die Großmutter dann krank wurde und schweißgebadet in ihrem Bett lag, und die Mutter kopfschüttelnd zu Johannes kam, um zu fragen, ob die Großmutter Kekse gegessen hatte, dann wusste er genau, was er zu tun hatte. Er drehte die Augen zum Himmel und sagte: »Kennst sie doch.«

Jahrelang hatte Johannes auch geglaubt, dass er der Einzige wäre, der mit den Porzellanpuppen der Stadt-Großmutter spielen durfte. Jedes Mal, wenn sie es erlaubte, legte sie verschwörerisch eine Hand auf seinen Rücken, brachte ihren Mund nah neben sein Ohr und flüsterte: »Aber sag deinen Cousinen nichts, die dürfen das nämlich nicht. Du weißt ja, wie die zwei Hexen sind, die machen nur immer alles kaputt.« Jahre später erzählten die Cousinen dann einmal davon, wie sie mit den Puppen der Großmutter hatten spielen dürfen. Dass nur sie das durften, für Johannes wäre das ohnehin nichts gewesen.

Auch das Geheimnis und die Ausrede gehörten in seiner Familie zusammen. Unzählige Male hatte die Mutter behauptet, Einladungen nicht folgen, die Großmutter in der Stadt nicht besuchen zu können, weil sie es »mit dem Magen« hatte. Johannes und der Vater wussten, dass es ihr nicht schlecht ging, doch sie machten die Besuche alleine und erzählten von den Magenschmerzen der Mutter, und alle wussten genau, was sie zu tun hatten. Sie sagten »Oh« und »Schon wieder«, aber wenn sie sich wegdrehten, legten sie den kleinen Finger ans Gesicht, zogen das Augenlid herunter und die Brauen nach oben.

Der Vater war so wütend deswegen, dass er sich einmal weigerte, die Mutter zu entschuldigen. Er schimpfte und drohte so lange, bis sie einwilligte mitzukommen. Johannes stand an jenem Tag in seinem Zimmer und knöpfte gerade sein Hemd zu. Durch die Zweige des Weichselbaums vor dem Fenster sah er, wie die Mutter mit einer Keramikschüssel an den Tisch unter der Weinlaube trat. Als es auf einmal klirrte, fuhr Johannes zusammen. Schnell ging er ans Fenster, wollte nach ihr rufen und hielt dann inne. Hinter den belaubten Zweigen erkannte er ihre gebückte Gestalt und wie sie nach einer der größeren Scherben griff, schnell und sicher. Er beobachtete, wie sie, ohne zu zögern, die freie rechte Hand weit öffnete und sich mit der scharfen Kante über die Handinnenfläche fuhr. Johannes sog die Luft ein. Sie machte eine Faust und drehte sich um. Ihre Blicke trafen sich. Kurz sah sie erschrocken aus, dann wütend. Sie hob den Zeigefinger der unverletzten Hand an die Lippen.

Zum Vater sagte sie, sie habe sich so erschreckt, als sie sich beim Wegräumen der Scherben geschnitten habe, und die Hand könne sie nun auch niemandem geben. Mit einer verbundenen Hand, wie sähe das denn aus, alle würden sie nur fragen, was passiert sei. Sie blieb zu Hause an jenem Tag und Johannes und der Vater hatten eine neue Ausrede zu erzählen, eine, die sogar stimmte, aber trotzdem verdrehten alle die

Augen, nickten übertrieben wissend, denn niemand glaubte ihnen.

Auch das Parteibuch der Stadt-Großmutter war ein Geheimnis. Zig Namen gab es für das Heft mit der goldenen Prägung, das sie in der Schublade ihres Flurschranks aufbewahrte. Großmutters Bibel, Großmutters Kochbuch, ihr Poesiealbum, ihr kleines rotes Märchenbuch. Darüber, wie sie dazu gekommen war, gab es ebenso viele Geschichten, keine davon schien die einzige Wahrheit zu sein. Dass sie einen Verehrer in der Partei habe. Dass sie, als sie Ceaușescu zum ersten Mal auf dem Balkon des Opernhauses gesehen hatte, eine Erleuchtung gehabt habe. Dass sie, nachdem Johannes' Großvater nicht aus dem Krieg zurückgekommen war, sofort in die Partei eingetreten sei, vorsorglich sozusagen. Johannes wusste nie, was davon stimmte. Lange Zeit verstand er auch die Anspielungen nicht, wenn hinter vorgehaltener Hand Witze über seine Stadt-Großmutter gemacht wurden, die Einzige, die in der Familie nach gutem Parfüm roch, die Einzige, die immer Fleisch für Rindsrouladen hatte, deren Wohnung eingerichtet war, wie man sich in seiner Familie die Dekorationsabteilung eines Kaufhauses vorstellte. Wenn Johannes als Kind bei ihr war, ließ sie ihm ein Bad ein, und er badete, bis das Wasser lauwarm und seine Haut wellig war und sich im Sommer abschälte. Danach ließ er sich, mit noch feuchtem Haar, in ihre Couch sinken und lauschte schläfrig den Geräuschen von der Straße. Und manchmal beugte sie sich über ihn und strich ihm über den Kopf, »Wir haben es gut, wir zwei«, und er nickte, denn er hatte es gut, wenn er bei ihr war. Wenn er sich, umgeben von ihren dunklen Möbeln, dem verfliegenden Geruch des Badewassers, in die Kissen drückte und wusste, dass er bei ihr nichts anderes zu tun hatte, als zufrieden zu sein.

Irgendwann hatte Johannes das Gefühl, seine Stadt-Großmutter verteidigen zu müssen. Er wurde wütend, wenn er merkte, wie man über sie sprach, über ihre sauberen Hände und glänzenden Schuhe, ihren Unwillen, sie im Dorf zu besuchen, über den Zorn, dass ihr Sohn das Leben, das sie abgelegt hatte, das Dorfleben, weiterlebte, auf einem dreckigen Hof, in einer staubigen Straße, mit stinkenden Hühnern und stinkenden Hunden. Es ärgerte ihn, wie man sich über sie lustig machte, weil sie ein anderes Leben gewählt hatte, weil sie sich so weit wie möglich entfernen wollte von dem Kind, das barfuß zur Schule gegangen war, und von der jungen Frau, die für eine Ration Zucker eine ganze Nacht Schlange gestanden hatte.

Johannes bewunderte sie dafür. Selbst nachdem er fortgegangen war, mischte sich in alle anderen Gefühle für sie immer auch die Ehrfurcht, der Neid, dass sie, unberührt von allem, was man über sie sagte, mit Stolz in ihrer vollgestopften Wohnung saß, ihr rotes

Büchlein in einer Schublade, und jeden Abend Weichsellikör aus einem geschliffenen Glas trank, während vor ihrem Wohnblock die Welt allmählich anfing überzukochen. Vielleicht brachten sie am Ende nicht einmal die Schüsse aus der Fassung und die Toten im Fernsehen. Vielleicht stand sie mit ihrem Likör auf dem Balkon und schaute zu und verzog den Mund vor Verachtung, weil sie nie auf den Gedanken gekommen wäre, dass das alles auch etwas mit ihr zu tun haben könnte.

Wem sonst hätte Johannes sein Geheimnis anvertrauen sollen? Wem sonst als dem einzigen Menschen in seiner Familie, der so anders war als der Rest und darauf stolz zu sein schien. Zu wem hätte er sonst gehen sollen, um zu erzählen, und das musste er, denn irgendwann war das Geheimnis nicht mehr auszuhalten. Es war zu groß geworden, wie ein zweiter Körper, der im ersten wuchs und gegen die Haut drückte, bis sie spannte und zu reißen drohte. Wem sonst hätte er das alles sagen sollen außer seiner Stadt-Großmutter?

~

Sie saßen einander gegenüber, er auf der Couch, sie im Sessel, vor sich auf dem Tisch eine Kaffeekanne und eine Schale mit Kipfeln.

»Nimm dir«, sagte sie, die feinen Hände um ihre Tasse gelegt, ihr Lächeln leise und wissend, so als ahnte sie etwas. Der Ventilator brummte, in regelmäßigen Abständen hob der Luftzug eine Ecke der weißen Tischdecke an und ließ sie wieder fallen. Die Balkontür stand offen und nur ab und zu blähte sich, kaum spürbar, die Hitze durch den Vorhang herein. In der abgedunkelten Wohnung merkte man nur wenig vom Sommer, der wie eine Wand aus Wärme und Staub in den Straßen stand. Man hörte, wie draußen am Brunnen die Kinder kreischten, wenn sie ihre Arme unter das Wasser hielten, doch hier war es kühl, dämmrig und still, es roch nach Kaffee und Lavendel.

Johannes beugte sich nach vorne und nahm sich ein Kipfel. Er wollte gerade hineinbeißen, als die Großmutter die Luft einsog und ihm eine Serviette reichte. Er schob sie unter sein Kinn und nahm erst dann einen Bissen.

»Also«, sagte sie, das feine Lächeln wurde eine winzige Spur breiter, »was gibt es so Wichtiges?«

Atemlos war er zu ihr gekommen, mit einem Gefühl in der Brust und im Kopf, als befände er sich unter Wasser. Druck auf seinen Organen und hinter den Augen, der Drang, auftauchen zu müssen. Das trockene Gebäck kratzte im Hals, er musste husten. Sie deutete auf die Kaffeetasse und er nippte daran. Er trank so selten Kaffee, dass sich sein Herzschlag schon jetzt beschleunigt hatte.

»Naja, Wichtiges«, sagte er und legte eine Hand in den Nacken. Er spürte den Luftzug des Ventilators am Hals, er fröstelte kurz. Sein Blick fiel auf die Porträts neben der Vitrine, seine Familie, in ovalen Rahmen in Sepia an die Wand genagelt. Er kannte die Motive auswendig, sein Bruder neben einem geschmückten Christbaum, ein Kind mit großen ängstlichen Augen, das ihn, Johannes, auf dem Arm hielt wie eine ungeliebte Puppe, ungelenk und vorsichtig.

Der Blick der Großmutter folgte dem seinen. Sie atmete leise aus. »Bald zehn Jahre ist er jetzt schon fort«, sagte sie.

Der Kaffee trieb ihm kleine blitzweiße Punkte ins Sichtfeld, er blinzelte. Dann räusperte er sich und sagte: »Ich glaub, ich hab mich verliebt.«

Er sah auf die Tischdecke. Sein Haaransatz fühlte sich heiß an. Als sie in die Hände schlug, zuckte er zusammen, sie lachte. »Und was machst du so ein Geheimnis draus, Johannes, willst du gleich heiraten?«, sagte sie. Er hob den Blick, eine leichte Röte war ihr in die Wangen gestiegen, sie schien verlegen. Noch einmal schlug sie die Hände zusammen. »Na dann, sprich, Johannes, in wen hast dich denn verliebt?«

Er atmete aus, und als er versuchte, wieder Luft zu holen, ging es nicht. »Oma, ich«, sagte er und ihr Lächeln wurde klein, es schrumpfte zur Mitte hin zusammen, der Mund spitz, als hätte ihr jemand etwas Saures zu essen gegeben.

»Was?«, sagte sie.

Er schwieg und starrte auf seine Hände, er spürte ein Ziehen im Nacken, ein Stechen hinter dem rechten Ohr.

»Johannes, sprich. Jetzt hast du schon damit angefangen, jetzt bring es auch zu Ende.«

Wenn er genug Luft gehabt hätte, hätte er vielleicht schweigen können. Er hätte aufstehen, durch die Tür und auf die Straße gehen können, hätte dort ein- und ausgeatmet und wäre zurück nach Hause gefahren. Stattdessen fiel seine Lunge in sich zusammen wie eine Blase und er flüsterte, dass es ihm leidtue, dass sie nicht böse sein solle, dass es ein Junge war, er sei in einen Jungen verliebt, er wisse nicht warum, aber er sei verliebt in David.

Johannes rührte sich nicht. Der Ventilator brummte weiter, er spürte seinen Luftzug, ein Mal, zwei Mal, drei Mal, ohne dass ein Wort gesprochen wurde. Johannes presste die Finger gegen die Schläfen. Gleichzeitig war sein Atem zurück. Er atmete durch die Nase, keuchte durch den Mund, der Druck in seiner Brust war weniger geworden.

»Das wird schon wieder werden«, sagte die Stadt-Großmutter schließlich. Ihre Stimme klang belegt, sie räusperte sich. »Es wird sich schon legen.«

Johannes hob den Kopf. »Was?«

»Wie bitte, sagt man, nicht *was*.« Sie hob die Kaffeetasse an die Lippen, er wusste nicht, wann sie sie vom Tisch genommen hatte. »Das wird sich legen, hab ich gesagt.«

Johannes öffnete den Mund, aber sie kam ihm zuvor.

»Mach jetzt keine Blödheiten, Johannes.« Sie trank von dem Kaffee, dann fuhr sie sich mit der Zunge über die Lippen. »In ein paar Monaten hast du das schon wieder vergessen. Also, mach jetzt keine Blödheiten.«

Er schloss den Mund. Trank den Kaffee aus und wollte sich erheben.

»Dein Kipfel«, sagte die Großmutter und deutete auf das angebissene Gebäck auf seiner Serviette. »Iss noch dein Kipfel.«

21

Seitdem Johannes denken konnte, wohnte David in
dem Haus mit dem halb verrotteten Aprikosenbaum
vor dem Fenster, dem Baum, den der Schlag getroffen
hatte, wie Davids Vater zu sagen pflegte. Er lebte, wie
Johannes, in einer der Kammern eines schlauchför-
migen Hauses, lebte dort ohne Geschwister, kam nach
draußen, wenn Johannes vor dem Tor stand, ließ ihn
herein im Winter. Johannes kannte jede Ecke von Davids Zimmer, er kannte Davids Geruch, wenn sie
nassgeschwitzt am Weiher ankamen und ins Wasser
rannten, kannte sein blasses Gesicht über dem dun-
kelbraunen Rollkragenpullover, den er nicht leiden
konnte und an dessen Kragen er ständig herumzerr-
te. Johannes wusste, dass David es nicht mochte,
wenn etwas oder jemand ihn am Hals berührte. Einmal hatte Johannes zum Spaß die Hände um seinen
Hals geschlossen und David schlug ihm so hart ins
Gesicht, dass ihm für einige Sekunden schwarz vor
Augen wurde.

Seitdem er denken konnte, hatte Johannes zu diesem Haus gehen, hatte wie selbstverständlich nach
David fragen, ihn nach draußen rufen können, ihn
um Rat fragen können, nur ein paar Minuten zu Fuß,

ein paar Minuten bis zur Erlösung von einer quälenden Langeweile. Jetzt wartete am Ende dieser wenigen Minuten die Ungewissheit. Johannes wusste nicht, ob sie noch zum Weiher fahren und trotz allem ihre Bahnen schwimmen würden, um die Kondition nicht zu verlieren. Heute gehe ich hin, dachte Johannes sich morgens und die Stunden vergingen zähflüssig bis hinein in den Nachmittag. »Gehst du nicht zu David«, fragte die Mutter, »habt ihr gestritten?«, und Johannes mied es, sie anzusehen, blieb sitzen, wartete und wog ab, die ganzen heißen Morgen- und Mittagsstunden, die sich nur in der Lautstärke der Vögel und Insekten und im Stand der Sonne voneinander unterschieden. Er wartete und verfluchte, dass Sommer war, dass der Vater mit seinem Mähdrescher weggefahren war, sodass ihn niemand vom Hof jagen konnte. Die Mutter war dafür nicht die Richtige, die genoss die Zeit ohne den Vater und allein mit Johannes. Dass er nichts redete und abwesend wirkte, war halb so schlimm, solange sie ihm etwas erzählen konnte.

Heute gehe ich hin, heute gehe ich wirklich, und mit jedem Tag wurde es weniger wahrscheinlich. Und noch etwas anderes wurde unwahrscheinlicher: dass David zu ihm kommen würde. Dass er, so wie es all die Jahre zuvor gewesen war, einfach vor dem Tor stünde, mit guter oder schlechter Laune, einem guten oder schlechten Vorschlag, wie sie den nächsten staubtrockenen Sommertag totschlagen könnten. Heute kommt er, dachte Johannes und suchte den ganzen Tag nach Zeichen, die ihm sein Kommen ankündigten. Das Gefühl, wenn er morgens die Vorhänge aufzog und seine aufgerauten Finger kurz im Stoff hängen blieben. Das kalte Wasser, das ihm nach dem Waschen aus den Haaren in den Nacken rann. Heute kommt er, er kommt, heute höre ich von ihm.

Er hörte nichts, es blieb still, Tag für Tag war nichts zu vernehmen außer dem Singsang der Mutter, die über lauter belanglose Dinge redete, während sie ihre Teppichreihen knüpfte. Nichts außer den Geräuschen, die die Hitze machte, dem angestrengten Summen und Sirren über den aufgeheizten Steinen, den Stühlen und dem Tisch und der kalten Zuspeis, die sie aßen. Wenn der Vater nicht da war, war das Essen nicht wichtig. Johannes und die Mutter aßen unregelmäßig, wenig und nachlässig, nur aus Appetit, nie aus Hunger. Sie ließen lange das benutzte Geschirr stehen und manchmal schenkte die Mutter sich schon am frühen Nachmittag ein Glas Wein ein. Dann saßen sie für die restlichen Stunden des Tages in dumpfem Sinnieren beieinander. Er kommt, heute kommt er ganz bestimmt.

~

»Komm jetzt, Johannes.«

Sein Kollege zerrte ihn am Ärmel und Johannes verschüttete Sekt.

»Mensch!« Er hob genervt den Kopf, hielt die Sektflasche gegen das Licht. »Wir brauchen noch eine.«

»Scheiß drauf, die Gläser sind voll genug. Stell das Ding zum Büfett und komm, es sind nur noch fünf Minuten.«

Johannes schaute auf das Tablett mit den ungleich gefüllten Gläsern. Er wollte den letzten Rest verteilen, aber Dan nahm ihm die Flasche ab. »Die nehmen wir mit nach draußen, komm jetzt endlich.«

Johannes trat durch die Tür des Hintereingangs und zuckte vor einem lauten Knall zurück. Jemand hielt eine Pistole mit der Mündung in den Himmel. Als er Dan entdeckte, knöpfte Johannes den Mantel zu und ging zu ihm.

»Ich dachte, es werden Raketen geschossen«, sagte er und stellte sich neben ihn. Dan trank einen Schluck aus der Sektflasche, bevor er sie ihm hinhielt. Johannes schüttelte den Kopf und zog die Zigaretten aus der Manteltasche.

»Ja, normal schon. Geht aber auch mit Schreckschusspistolen.« Dan griff nach der Zigarette, die Johannes ihm anbot, und warf einen Blick auf seine Armbanduhr. »Bei mir ist es schon zwölf«, sagte er und klang enttäuscht.

Johannes nahm einen Zug, er war müde. Alle schauten auf den Koch, der ein Radio in der Hand hielt. »Zehn«, sagte eine Stimme im Radio und die Umstehenden fielen mit ein, zählten von zehn hinunter. Nach eins schrien sie und Johannes fuhr erneut zusammen, als der ohnehin schon laute Himmel noch einmal lauter wurde. Direkt neben ihm zischte es, und hätte Dan ihm nicht einen Arm um die Schulter gelegt und ihn auf die Wangen geküsst, hätte er sich die Hände auf die Ohren gedrückt und wäre über den Lieferanteneingang zurück in die Küche gelaufen.

»Gesundes neues Jahr«, schrie Dan und Johannes nickte. »Dir auch«, sagte er und trat einen Schritt nach hinten, als ihm jemand einen knisternden Sternspeier hinhielt. Er winkte ab, Dan lachte. »Nicht so wie auf dem Dorf«, sagte er, reichte ihm noch einmal die Flasche und Johannes sah sich kurz um, bevor er einen Schluck nahm. Zwei Leute, die er nur vom Sehen kannte, standen plötzlich vor ihm und umarmten ihn, die Frau und ihr Begleiter mussten Partygäste sein.

»Was hast du dir gewünscht?«, rief sie und er beugte sich zu ihr, um besser zu hören.

»Was meinst du?«

»Du musst dir was wünschen«, sie deutete nach oben. Johannes hob den Blick. Grüne und goldene Lichter sickerten in den verrauchten Himmel, als hätte jemand ein unsichtbares Gefäß ausgeschüttet. Der Rauch war schon so dicht, dass man das Feuerwerk in der Ferne nicht mehr erkennen konnte. Er wartete darauf, dass die nächste Rakete explodierte. Dann wünschte er sich etwas.

Ein Stück vom Nachhauseweg konnten sie gemeinsam gehen. Es war bereits früher Morgen, aber noch dunkel. Frost überzog die parkenden Autos und lag als matter Film auf dem Asphalt. Darüber hing beißend riechender Nebel und die Straßen waren so dreckig, dass Johannes sich fragte, wie sie je wieder sauber werden sollten.

Er hatte Mühe, die Augen offenzuhalten, die Beine taten ihm weh vom langen Stehen und in beiden Ohren hatte er ein leises Klingeln.

»Ich muss jetzt da lang«, sagte Dan und deutete nach links. »Ist es noch weit für dich?«

»Ja, schon. Aber ist nicht so schlimm.«

»Gut. Nächstes Jahr dann wieder?«

Johannes sah ihn verwirrt an. Dan lachte. »War ein Spaß. Hoffentlich nicht.« Er schlug ihm auf die Schulter. »War schön, dich kennenzulernen.«

Als er sich zum Gehen wandte, fiel Johannes noch etwas ein. »Wünscht man sich in Deutschland eigentlich was an Silvester?«, fragte er und Dan blieb stehen. Er überlegte kurz und schüttelte schließlich den Kopf. »Nie gehört, ich glaub nicht. Wieso?«

»Nur so«, Johannes hob die Hand. »Komm gut heim.«

22

David verschwand, als der Aprikosenbaum die letzten
überreifen Früchte trug. Johannes ging zu ihm, solange bis der Baum zur Hälfte braun und schließlich
ganz kahl war. Er ging dorthin, obwohl es ihn graute,
obwohl sich alles in ihm sträubte und obwohl er jedes
Mal befürchtete, den Mann wiederzusehen, der, wenn
Johannes Davids Haus verließ, schräg gegenüber auf
der anderen Straßenseite stand. Immer wieder sah er
ihn dort, im Spätsommer, Herbst und frühen Winter.
Ein recht kleiner Mann, der eine beige Hose und eine
braune Jacke trug und, als es kälter wurde, einen
braunen Mantel und eine Fellmütze. Er sah so blass
und unscheinbar aus, dass sich Johannes nie ganz sicher war, ob es immer derselbe war oder ob man nicht
drei, vier Leute mit dem gleichen Allerweltsgesicht
auf ihn angesetzt hatte. Alle mit dem stumpfen Blick,
von dem er nicht einmal wusste, ob er wirklich auf
ihn gerichtet war.

»Wer ist der Mann auf der Straße?«, fragte er Davids Mutter und sah ein Zucken, das ihr von den
Schultern ins Gesicht fuhr, bevor sie ihm antwortete
und log, bevor sie ihm noch eine ihrer Lügen erzählte.
Nie begriff er, warum sie ihm kein einziges Mal, nicht

einmal über Umwege, ein Stück Wahrheit zu erkennen gegeben hatte. Wie sie es hatte aushalten können, ihn immer und immer wieder hineinzubitten, ihm etwas zu trinken anzubieten, um dann mit ihm am Tisch Belanglosigkeiten auszutauschen, während sie doch sehen musste, dass er schwitzte und nicht ruhig sitzen konnte, bis er ihr nicht die Frage gestellt hatte, auf die er jedes Mal wieder eine andere Antwort zu bekommen hoffte. Er fragte: »Wie geht es David?«, und sie antwortete ihm, ohne mit der Wimper zu zucken: »Es geht ihm schon ein wenig besser, sagen sie. Aber er muss noch im Spital bleiben, er ist noch nicht ganz gesund. Sagen sie.« Danach schwieg sie, so lange, bis er es nicht mehr aushielt und gehen musste.

Wie er denn krank sein könne, er sei doch ganz gesund gewesen? Er wolle ihn besuchen, warum er denn keinen Besuch empfangen dürfe? Warum er denn so krank sei, er habe ja gar nichts erwähnt? Warum sie ihm denn nichts sagten, warum sie ihm denn nicht einmal verrieten, wann genau er nach Hause komme, das alles fragte er nur manchmal und nur am Anfang. Er wagte es irgendwann nicht mehr, weil es ihn ängstigte, mit wie viel Überzeugung er belogen wurde. Die Lüge stand im Zimmer wie eine dritte Person, so klar und deutlich, als könnte sie jeden Augenblick den Mund aufmachen, um selbst für sich zu sprechen.

Es hatte schlimme und noch schlimmere Tage gegeben, um zu Davids Haus zu gehen. Irgendwann fing er an, sich das Datum aufzuschreiben, weil er nicht vergessen wollte, wann er zuletzt dort gewesen war. Er wollte nicht in Versuchung geraten, sich vorzumachen, dass er doch neulich erst hingegangen sei, dass er ruhig noch ein wenig warten könne.

Im Kreisspital war er nur ein Mal. Er setzte sich in den Bus, durch den die morgendliche Kälte pfiff, sodass man mit schmerzenden Schultern wieder ausstieg, weil man sie die ganze Fahrt über bis zu den Ohren hochgezogen hatte. Auf den letzten paar Metern bis zum Eingang drehte er sich immer wieder um. Niemand schien ihm zu folgen. Schnell lief er die Treppen hinauf, er war sich sicher, dass er David heute sehen würde. Er müsste nur seinen Namen nennen, sich eine Zimmernummer und eine Station sagen, sich den Weg beschreiben lassen und wenige Minuten später stünde er in Davids Zimmer. Und David würde erzählen und ihm alles erklären, würde ihm sagen, was passiert war und warum er ins Spital musste. Er würde nicht schlimm krank sein und Johannes versichern, dass er das Krankenhaus bald verlassen könne. Würde ihm sagen, dass sie im Frühjahr, wenn David sich erholt habe, wieder zum Weiher fahren könnten. Und dass sie spätestens im nächsten Sommer fort seien, alle beide.

Johannes zog die Tür auf und trat für ein älteres Paar, das ihm entgegenkam, beiseite. Er schlüpfte nach ihnen durch die Tür, dann trat er an den Empfang. Er versuchte, seine Stimme unter Kontrolle zu bringen, als er sagte, dass er jemanden suche, und Davids Namen nannte. Er bemühte sich, nicht nach links und rechts zu schauen, ein freundliches Gesicht zu machen, als er sagte, dass er ihn besuchen wolle, in welchem Zimmer er denn liege. Die Pförtnerin sah ihn kurz an, musterte seine Hände, die er auf der Theke verschränkt hatte, und er zog die Arme zurück. »Einen Augenblick«, sagte sie, drehte sich um und öffnete eine Schublade. Mit dem Zeigefinger fuhr sie die Trennblätter entlang und bewegte die Lippen dabei. Johannes sah sich um. Die Tür ging auf und sein Herzschlag beschleunigte sich, als ein Mann hereinkam, ein unscheinbarer Mann mit beiger Kleidung, der allerdings zielstrebig an ihm vorbeiging.

»Es gibt hier keinen Patienten, der so heißt«, sagte die Frau. Johannes drehte sich zu ihr.

»Bitte?«

»Der Mann, den sie suchen, er ist hier kein Patient.«

»Wurde er verlegt?«

»Sind Sie mit ihm verwandt?«

Johannes schüttelte den Kopf. »War er denn überhaupt hier?«, fragte er und bereute es sofort. Die Pförtnerin zog die Augenbrauen zusammen und nahm einen Kugelschreiber zur Hand.

»Ich kann mich an den Namen nicht erinnern«, sagte sie. »Wie war nochmal Ihr Name?«

Johannes drehte sich um und ging. Stieß die Tür auf, lief die Treppen hinunter, überquerte mit schnellen Schritten den Vorplatz in Richtung Bushaltestelle. Dort setzte er sich auf die Bank, stützte die Ellbogen auf die Knie, legte den Kopf in die Hände und schloss die Augen. Bunte Kreise wurden hinter seinen Lidern größer und kleiner, er versuchte zu schlucken und schaffte es nicht. Mit jedem Anlauf, den er nahm, wurde sein Hals enger, wurde das Gefühl, dass ihm etwas von dort nach oben in den Rachen stieg, stärker, und er versuchte, es hinunterzuschlucken, immer wieder. Er würde hier an der Bushaltestelle von der Bank rutschen und auf dem Boden aufschlagen, ungebremst, er würde ersticken an dem, was ihm schon über dem Kehlkopf saß, wenn er jetzt nicht gleich schluckte. Schluck, schluck jetzt, dachte er, holte Luft und schluckte mit geöffnetem Mund. Er wurde augenblicklich ruhiger. Er hob den Kopf. Alles war verschwommen, er hatte die Finger zu stark auf die Augen gepresst. Den Mann auf der anderen Straßenseite sah er trotzdem sofort. Den Mann mit dem Allerweltsgesicht, der heute wie an allen anderen Tagen seine großväterliche Cord-Uniform trug und auch auf dem Weg zum Entenfüttern hätte sein können. Johannes richtete sich auf, sein Blick traf den des Mannes. Er war zu weit weg, als dass Johannes Einzelheiten seines Gesichts hätte erkennen können, aber dass er ihn ansah, wusste er. Das Blut schoss ihm in den

Kopf und in die Fingerspitzen. Er stand auf und trat an den Rand des Bordsteins, den Mann ließ er nicht aus den Augen. Von links kam ein Auto, vor dem er die Straße noch würde überqueren können. Er machte einen Schritt auf die Fahrbahn, dann hielt er inne und kniff die Augen zusammen. Der Mann auf der anderen Straßenseite schüttelte den Kopf.

Es war eine kleine, kaum merkliche Bewegung, aber so bestimmt, dass Johannes sie trotz der Entfernung sehen konnte. Er rührte sich nicht, während er das Auto näherkommen hörte. Als es an ihnen vorbeigefahren war, schüttelte der Mann den Kopf nicht mehr. Er hob den Arm, schob mit der rechten Hand den Ärmel seiner Jacke zurück und schaute auf die Uhr. Dann ging er, ohne Johannes noch einmal anzusehen, in Richtung Park davon. Mit ruhigen Schritten, so als hätte er eben beschlossen, einen Spaziergang zu machen.

23

In Deutschland war der Himmel nichts als ein Ausschnitt zwischen den Dächern. Dabei war er früher so groß gewesen. Früher senkte er sich, so weit das Auge reichte, auf die flache Landschaft hinab, sodass Johannes sich fragte, wann das Blau am Horizont anfangen würde, in die Felder zu sickern, langsam erst, ein kleiner Punkt, den man mit bloßem Auge kaum erkennt, bis er sich ausweitet, vom Tropfen zur Welle wird, über die Felder in die Dörfer schwappt, ohne etwas mitzureißen. Alles bliebe an Ort und Stelle, nur dass die Landschaft plötzlich ein Himmel wäre, gleißend blau und wolkenlos. Johannes wusste nie, ob er diesen Moment herbeisehnte oder fürchtete.

Er ging erst zwei Wochen nicht mehr zu Davids Haus, dann drei, dann vier, bis er schließlich beinahe zwei Monate nicht mehr dort gewesen war. Der Winter kam, sein letzter in Rumänien, und seine Ausbildung zum Schreiner hatte begonnen. Morgen für Morgen saßen er und der Meister zitternd in der Werkstatt und tranken Lindenblütentee, der einem den Schweiß aus den Poren trieb, sodass man danach nur noch mehr fror. Der Schreiner kippte jeden Morgen einen Schuss Schnaps in seine Teetasse, nur zum

Warmwerden, wie er sagte, und er hielt sich daran, Johannes sah ihn den restlichen Tag über keinen Alkohol mehr anrühren.

Johannes lernte wenig und hörte viel zu. Hörte zu, wie sein Chef erzählte, dass ihn erst die einen, dann die anderen Kommunisten erwischt hatten. Zwei gescheiterte Fluchtversuche, beim ersten verlor er fast einen Fuß, weil man ihm die Knöchel zu lang und zu eng mit Draht verschnürt hatte, beim zweiten, sagte er, verlor er die Hoffnung. Beim ersten war er als Hase gegangen, beim zweiten als Fisch, und Johannes horchte auf, ohne den Blick von seinem Tee zu heben. Er dachte an die Sommertage am Weiher und daran, dass sein Körper mittlerweile alles verlernt haben musste. Er war schon außer Atem, wenn er morgens das kurze Stück zum Zug rannte, weil er spät dran war.

Dennoch hörte er genau zu, wenn der Schreiner von der Stelle am Eisernen Tor sprach, wo die Ufer, das serbische und das rumänische, so nah beieinanderlagen, dass man jemandem auf der anderen Seite zuwinken könne. Trotzdem hatte er es nicht geschafft, nicht einmal bis zum Wasser war er gekommen. Schon im Wald hatten sie ihn erwischt und es war vorbei gewesen, bevor er überhaupt einen Fuß ans Ufer der Donau hatte setzen können.

Er hörte zu, wenn der Meister fluchte und in seinen Tee hustete, fluchte, dass das alles bald ein Ende haben müsse, und manchmal bat Johannes stumm darum, er möge ruhig sein, denn was er sagte, erinnerte ihn an das, was er vor einem halben Jahr gedacht hatte und was er gerne vergessen hätte. Er wollte nichts mehr davon wissen.

Auch Johannes erzählte dem Schreiner von sich. Nicht alles, Bruchstücke, Andeutungen und dass David auf einmal fortgewesen war. Von den Besuchen bei dessen Mutter, davon, dass er angeblich im Spital war, und von dem Mann in der beigen Jacke erzählte er nichts. Der Schreiner hörte zu, trank von seinem Tee, er sah nachdenklich aus. Er sagte lange nichts, mehrere Tage nicht. Erst am Ende der Woche schaute er von der Hobelbank auf und wischte die Späne vom Furnier.

»Hast du es jemandem erzählt?«

Johannes hielt in seiner Arbeit inne. »Was erzählt?«

»Ob du geredet hast über eure Pläne, will ich wissen.«

Johannes' Schläfen wurden heiß. »Nein, mit niemandem«, sagte er laut.

Der Schreiner hob die Augenbrauen und beugte sich wieder über die Hobelbank. »Dann hat dein Freund geplaudert«, sagte er.

»Ich hab es meiner Großmutter erzählt, das wird ja nicht verboten sein.« Seine Stimme schwankte.

Der Meister sah ihn an und Johannes schmeckte

die herben Lindenblüten und sauren Speichel im Rachen. Er musste sich abwenden, ein paar Sekunden lang, und versuchte, den Geschmack zu ignorieren. Als er sich dem Schreiner wieder zuwandte, sah er, dass der sich gesetzt hatte. Den Arm auf die Hobelbank gestützt, schaute er an Johannes vorbei, mit schiefem Mund, der Mitleid und Abscheu in einem verriet.

»Was willst du machen«, sagte er und schüttelte den Kopf. »Mach dich nicht verrückt, ändern kann man es jetzt sowieso nicht mehr.«

Der Winter ging nur langsam in einen Frühling über. Nur langsam wurden die schwarzen Morgenhimmel, vor denen er auf den Zug wartete, weiß und durchscheinend, ein unbestimmtes, farbloses Licht kurz vor Sonnenaufgang. Im März legte er sich auf die Gleise, einen Kilometer vor dem Bahnhof und etwa fünf Minuten, bevor der Zug an dieser Stelle entlangfahren sollte. Im März war er seit fast vier Monaten nicht mehr zu David gegangen. Der beige Mann war verschwunden. Vielleicht käme er wieder, sobald er vom Herumstehen keine kalten Füße mehr bekommen würde.

Die Gleise drückten auf seine Wirbelsäule. Er wollte an etwas Gutes denken und es gelang ihm nicht. Er würde als jemand sterben, der etwas verbrochen hatte, auf einem Gleisbett am Rand seines Dorfes, ohne Gesicht und ohne Erklärung. Er meinte, in der Ferne ein Rattern zu hören und die Vibration in den Schienen zu spüren. Im nächsten Moment tauchte der Zug in seinem Sichtfeld auf, rollte unerträglich langsam auf ihn zu, wurde laut, dröhnte ihm das Hirn aus dem Schädel, wurde größer, nahm plötzlich den ganzen blassen Himmel ein und zerrte Johannes zwischen die Räder und brach jeden Knochen an jeder Stelle, presste Blut und Eingeweide aus ihm heraus.

Johannes sprang auf, stürzte von den Schienen ins Gras und atmete so tief ein, dass er von der kalten Morgenluft husten musste. Er schlug mit der flachen Hand auf den Boden, bis er sich beruhigt hatte.

Er lauschte. Vom Zug war noch nichts zu hören, er verspätete sich, wie meistens. Wenn er sich beeilte, würde er rechtzeitig am Bahnhof sein, um zur Arbeit fahren zu können.

~

Nicht einmal anderthalb Jahre später erwachte er mit Herzrasen, riss die Augen auf und schaute in die Dunkelheit eines Zimmers in Nürnberg. Er stützte sich auf den Arm und schnappte nach Luft, sein Mund war trocken. Das letzte Bild aus seinem Traum war das der Stadt-Großmutter, wie sie ihr Fenster öffnete und nach draußen zeigte. Noch bevor er ihrem Blick folgte, hörte er das Tosen und wusste, dass sich draußen vor dem Fenster das Wasser vorbeiwälzte, mitten in der Stadt.

Im Zimmer war es dämmrig, Umrisse wurden deutlicher, ein Schrank, ein Rechteck an der Wand, das ein Bild sein musste, und der Mann, der mit dem Rücken zu ihm lag und sich nicht rührte. Johannes hatte sein Gesicht schon halb vergessen und es tat ihm leid. Auch deshalb stand er auf, suchte seine Kleidung vom Boden zusammen, lauschte angestrengt auf den Atem vom Kopfende des Bettes, der sich nicht veränderte und schwer war vom Alkohol, dessen Geruch in der verrauchten Luft hing.

Bunte Punkte blitzten in der Dunkelheit, der Anfang von Kopfschmerz. Johannes hatte Durst, aber er wollte weder ins Bad noch in die Küche. Er ging zur Wohnungstür, griff nach seinen Schuhen und trat barfuß nach draußen. Erst am Treppenabsatz zog er die Schuhe an, die Socken hatte er nicht gefunden. Er strauchelte, als er einen Fuß anhob, hielt sich am Geländer fest und stellte sich vor, wie es wäre, hier in diesem Treppenhaus zu sterben, sich das Genick zu brechen vor der Türschwelle eines fast Fremden, mit Durst im Mund und mit dem Gefühl aus seinem Traum, als er das Wasser vor dem Fenster gesehen hatte.

24

Draußen hielt sich kein Blatt mehr an den Bäumen. Wenn sich die Tür öffnete und Menschen eintraten, mit Herbstmänteln, das Haar durcheinander, pfiff der Wind bis in die schummrige Gaststube.

»Johannes, du musst was sagen.«

Giulias Nichte deutete auf die Figur in seiner Hand, die so winzig war, dass sie nur angedeutete Gesichtszüge hatte, für eine richtige Mimik wäre kaum Platz gewesen. Die Figur lebte in einer hellblauen aufklappbaren Muschel, im oberen Teil gab es wie in einem Puppenhaus mehrere Zimmer, kleine Vierecke, deren Rückwände die Einrichtung einer Küche, eines Bade- und Wohnzimmers zeigten. Im unteren Teil der Muschel war ein Dschungel abgebildet, ein dünner Fluss schlängelte sich durch aufgemalte Palmen, in denen Affen hingen. In den Dschungel konnte man Tiere setzen. Sie waren so groß wie die Figur, mit einem samtigen Material überzogen und fühlten sich rau an.

»Wir müssen die Tiger retten«, sagte Johannes und setzte die Figur auf die Rutsche, die von der Puppenwohnung hinunter in den Fluss führte.

»Das sind Geparden«, sagte Giulias Nichte und hielt ihm eines der pelzigen Tiere hin.

»Das ist ein Tiger, der ist gestreift.«

»Nein, ein Gepard.«

»Gut«, Johannes schob die Figur langsam die Rutsche nach unten, »wir müssen die Geparden retten.«

»Tiger klingt besser.«

»Marina, entscheid dich jetzt!« Giulia tippte mit ihrer Figur auf die Tischdecke.

»Dann Tiger.«

»Also«, Johannes holte Luft, »wir müssen die Tiger retten.« Er legte die Puppe auf den Bauch und ließ sie den Fluss entlangschwimmen.

Seine Finger waren zu groß für das Spiel, die Muschel hätte er mit beiden Händen umschließen können. Er hob den Kopf und sah aus dem Bleiglasfenster, es ließ sich erahnen, wie trüb der Nachmittag war. Sie warteten schon ein wenig zu lange auf die Nachspeise. Er unterdrückte ein Gähnen.

»Johannes!«

»Hm?«

»Die Tiger sind böse«, wiederholte Giulia ihren Satz und bewegte dabei das blonde Mädchen im oberen Teil der Muschel. Sie musste die Figur vor den Räumen schweben lassen, weil ihre Finger nicht hineinpassten. »Die Tiger sind böse, warum sollen wir sie retten?«

»Die Tiger sind nicht böse«, sagte Johannes, stieg mit der Figur aus dem Fluss und legte ihren Kopf auf eines der pelzigen Tiere. »Die haben bloß Hunger.«

~

Der April hatte die Straße mit Blüten eingeschneit. Ein kühler Wind bauschte sie auf, zog wie mit einem Finger Kreise darin und legte sie dann wieder ab. Die Straßenlaternen gaben ihre Schatten und ihr Licht dazu. Man hätte das schön finden können, man hätte kurz stehen bleiben und staunen können über die Geräuschlosigkeit, mit der die Blüten vom Boden aufflogen und wieder herabsanken. Man hätte den Kopf heben und das letzte dunkle Blau des Tages und die ersten Sterne zwischen den Dächern sehen können, froh darüber, wie mild die Luft noch war. Aber Johannes war schlecht. Ihm war so schlecht, dass er meinte, sich in das Blütenmeer übergeben zu müssen. Das Haus mit der grauen Fassade und den braunen Balkongeländern, das er so oft betreten hatte, das Haus mit der Wäsche, die in mehreren Metern Höhe lautlos im Wind flatterte, Johannes glaubte seinen Treppenhausgeruch jetzt schon riechen zu können. Etwas Metallisches und darunter ein Geruch, der nicht sein konnte, das Badewasser der Großmutter.

Er beugte sich zu den Klingelschildern, ging die Namen durch, ein Mal, zwei Mal, er war unaufmerksam, erst beim dritten Anlauf fand er den Namen der Nachbarin. Der Onkel hatte ihm gesagt, wo er klingeln musste. Die Großmutter öffnete die Tür nicht mehr, ob sie nicht wollte oder das Schrillen der Glocke wirklich nicht hörte, konnte keiner sagen.

Sein Finger ruhte auf dem Klingelknopf. Ein paar Sekunden, dann senkte er den Arm. Er lehnte sich gegen die Hauswand, tastete nach der Stimmgabel in seiner Jackentasche und schloss fest die Hand um ihren Griff, bevor er den Knopf drückte.

Es roch nicht gut in ihrer Wohnung. Es sah auch nicht gut aus, nur auf den ersten Blick hatte alles eine museale Ordnung. Doch auf den zweiten Blick sah man, dass nicht mehr sie es war, die sauber machte. Man sah es an der geöffneten Badtür, niemals hätte sie sie offenstehen lassen. Man sah es daran, dass im Flur Schuhe standen, man sah es an einem fleckigen Taschentuch auf dem Wohnzimmertisch und an den zerdrückten Kissen auf der Couch. Es waren kleine Hinweise des Verfalls und darüber ein Geruch, der ihn flach atmen ließ. Es roch nach Kohl, so als wäre nach dem Essen nicht gelüftet worden, und darunter nach Urin. Trotzdem hatte er beim Betreten der Wohnung sofort die Schuhe ausgezogen, hatte die Jacke auf einen Bügel in den Garderobenschrank gehängt. Auf Socken war er ins Wohnzimmer gegangen, wo der Sessel an die Balkontür gerückt worden war. Er stand schräg zur Tür, sodass Johannes die Stadt-Großmutter im Profil sah. Reglos schaute sie aus dem Fenster, er hörte sie leise pfeifend atmen.

»Oma«, sagte er laut. Er sah, wie ihre Hände zuckten.

»Oma«, er sagte es lauter, trat an den Sessel und stellte sich vor sie.

Ihr Blick ging weiter nach draußen. Sie war noch kleiner, als er sie in Erinnerung hatte, sie verschwand in dem Sessel. Selbst ihre Kleidung war ihr zu groß geworden, die Bluse warf schlaffe Falten über ihrem Oberkörper und die Knie standen spitz hervor in der Hose.

»Oma«, sagte er noch einmal und merkte selbst, dass es bittend klang. Er biss sich auf die Wange. Auf der Straße hupte ein Auto, in einer der Wohnungen lief ein Fernseher und unablässig hörte er ihren Atem, Stille und Pfeifen, Stille und Pfeifen. »Putz dir doch die Nase«, wollte er schreien, wollte ihr ein Taschentuch hinwerfen, gegen den Sessel treten. Er ging zum Esstisch, nahm von dort einen Stuhl und setzte sich vor sie. Auf einer der Sessellehnen lagen ein Notizblock und ein Stift. Als er sich vorbeugte, um danach zu greifen, verschränkte sie die Arme.

Er musterte das linierte Papier, auf Rumänisch standen darauf Fragen, die letzte Konversation musste die mit der Nachbarin gewesen sein. Ganz unten las er seinen Namen.

Er blätterte um. Zögerte und schrieb dann: *Wie viel hörst du noch?*

~

Johannes nahm den Schokoladenweihnachtsmann von seinem Schreibtisch und setzte ihn wieder ab, er war verlegen. »Das wäre aber nicht nötig gewesen.«

»Doch«, sagte die Kundin, die ihm gegenüber saß. Sie zog das »O« in die Länge, und ohne dass er sie ansah, wusste er, was in ihrem Gesicht vor sich ging. Dass ihre Wangen dick wurden, ihre Augen klein und dass sich Falten darum bildeten. »Sie haben mir so schön geholfen«, sagte sie, sie sagte »scheen« und er nahm sich zusammen, um aufblicken zu können.

»Das freut mich, dass Sie zufrieden sind.«

Vor zwei Monaten war sie zu ihnen in den Laden gekommen, eine Frau, die ihm kaum bis zur Brust reichte, mit schwarzem Haar und wässrig blauen Augen. Sie war allein gekommen, auf eine Krücke gestützt, und hatte ihm zur Begrüßung die Hand so fest gedrückt, dass er versucht war, seine Finger zu massieren, als sie losließ.

Sie hatte nur kurz die Brauen gehoben, als sie ihn sprechen hörte, aber gesagt hatte sie nichts, und auch er schwieg zu ihrem Dialekt. Irgendwann, beim dritten Termin, hörte er auf, sich beim Sprechen Mühe zu geben, und auch da sagte sie nichts. Einmal bei der Verabschiedung mussten sie beide über etwas lachen, so laut, dass Giulia den Kopf durch die Tür steckte, nachdem die Frau gegangen war: »Was ist los mit euch beiden. Hast du gesehen, dass die Frau einen Ring am Finger hat?«

Sie war die erste Kundin gewesen, für die er nur sehr wenig hatte tun können. Er erklärte ihr Hörstrategien, versuchte ihr deutlich zu machen, dass die Geräte ihr das Gehör nicht zurückgeben würden. Dass sie ihr manches leichter machen könnten, mehr nicht. Als sie dann ein Jahr später vor ihm saß, war ihre Stimme schrill vom lauten Sprechen, sie kniff die Augen zusammen, aber nicht um zu lächeln. Sie beugte sich nach vorne, strengte sich an und merkte, dass es nichts nützte.

»Es tut mir leid«, sagte Johannes langsam und zwang sich, ihren Blick zu erwidern, »der Hörverlust ist sehr ausgeprägt. Auch die starken Geräte können daran leider nur wenig ändern.«

Während er sprach, konzentrierte sie sich auf seinen Mund, sie sah ihn auch dann noch an, als er längst nichts mehr sagte. Irgendwann glätteten sich ihre Züge wieder, die vom Diabetes pralle Haut war gerötet. Immer hatte sie eine leichte Bräune im Gesicht, immer sah sie gesund aus, obwohl sie es nicht war. Sie lehnte sich zurück, und als Johannes bemerkte, wie ihre Augen zu glänzen begannen, erschrak er.

»Und jetzt?«, fragte sie unvermittelt. Sie hatte mit der Krücke auf den Boden geklopft und Johannes zuckte zusammen.

Er öffnete den Mund, um zu sagen, was er gelernt hatte, was man ihm geraten hatte zu sagen. Dass sie die Geräte weiter tragen solle. Und wie wichtig die noch übertragenen Hörreste für ihren Alltag seien, dass sie das nicht unterschätzen solle. »Ich weiß es nicht«, sagte er stattdessen und schloss unter dem Schreibtisch die Hand um seine Knöchel, sodass es knackte.

Erstaunt sah sie ihn an. Plötzlich wirkte sie geschäftig, sie richtete sich auf, stützte beide Hände auf den Stock. »Wie«, sagte sie, »Sie wissen nicht?«

Er räusperte sich. »Entschuldigung«, sagte er, »es gibt natürlich –«

»Dann muss ich halt lesen, oder?«, unterbrach sie ihn. »Die anderen schreiben und ich lese. Blind bin ich ja noch nicht.«

»Ja«, Johannes atmete aus, »genau, das ist zum Beispiel eine Möglichkeit. Und wir hatten doch einmal über Hörstrategien –«

Sie nickte schnell. »Und singen kann ich«, sagte sie.

»Singen?«

»Ja, singen.« Sie lachte. »Nur laut genug muss es eben sein.«

~

Er hielt seiner Großmutter den Notizblock hin. Zum ersten Mal wandte sie ihm den Kopf zu, so widerwillig, als würde er sie von etwas Wichtigem ablenken.

Sie las und verzog den Mund. Sie schaute an ihm vorbei, als sie erstaunlich leise fragte: »Was willst du?«

Johannes' Herz wurde laut, pochte ihm in den Ohren. »Was ich will?«

Weil sie nicht reagierte, drückte er den Stift auf den Block. Das Papier riss an der Stelle, an der er ansetzte, und man sah die Wut in seiner Schrift, als er schrieb: *Was ich will?*, und das *ich* doppelt unterstrich.

Noch einmal hielt er ihr den Block hin, es fiel ihm schwer, nicht zu zittern. Sie las, hob dann die Brauen und nickte. Johannes stieß die Luft aus. Er legte den Block auf die Knie und versuchte, sich zu beruhigen. In Gedanken polsterte er die Wände ihres Wohnzimmers mit Schaumstoff, in Gedanken schloss er eine schallisolierte Tür, er schloss sie beide ein in einem stillen, nicht ganz hellen Raum und begann von vorne.

»Nochmal«, er hielt den Block hoch und tippte auf seine erste Frage. »Wie viel hörst du noch?«

Eine leichte Röte lag auf ihren blassen Wangen, ihre Augen wurden klein. »Lass mir doch meine Ruhe«, flüsterte sie und er fuhr zusammen, als hätte sie geschrien.

Er beugte sich über den Block und schrieb: *Glaubst du ich bin gerne hier?*

Sie lachte kurz, es klang heiser und sie musste husten. »Es zwingt dich doch keiner.«

Dann murmelte sie etwas, was er nicht verstand.

Sie sagte es wie zu sich selbst und sah dabei weiter auf eine Stelle hinter seinem Rücken.

»Was?«

»Dass du ein undankbares Kind bist, hab ich gesagt.« Diesmal hatte sie ihre Stimme nicht unter Kontrolle, sie klang schrill und zog die Wörter lallend ineinander.

»Wofür soll ich denn dankbar sein?« Auch seine Stimme brach weg, weil ihm das Herz bis in den Hals schlug.

Jetzt schaute sie ihn endlich an, er musste nicht mehr schreiben. Sie beugte sich nach vorne. »Ich hab dir geholfen«, sagte sie und er spürte ein Tröpfchen Spucke auf seinem Handrücken, »und zum Dank bist du auf und davon.«

Johannes lehnte sich zurück. Seine Augen brannten, seine Nase fing an zu laufen und er mühte sich zu schlucken. »Du hast mir nicht geholfen«, sagte er.

Und als sie nicht reagierte, wiederholte er es lauter. »Du hast mir nicht geholfen.«

Sie wandte den Blick ab, ihr Mund gekräuselt, als hätte sie einen schlechten Geruch in der Nase. Johannes konnte nicht mehr sprechen. Er beugte sich über den Block, setzte den Stift auf, machte einen Punkt, den Anfang eines Buchstabens, mehr nicht.

Schließlich erhob er sich, in seinen Ohren dröhnte es. Er ging zur Wohnzimmertür, die Großmutter rührte sich nicht. Vor der Tür zögerte er und trat dann nach links zur Vitrine. Er öffnete beide Glastüren und griff hinein. Er packte, was er zu fassen bekam, Ballerinas, Rehe, Kraniche, eine Szene mit kleinen Kindern, über die ein für sie unsichtbarer Engel seine Flügel spannte, vor ihnen im Porzellangras wand sich eine Schlange. Er nahm das alles heraus, eine Figur nach der anderen, und sie fielen in den dicken Teppich, ohne zu zerbrechen und ohne einen Laut. So als ertränken sie in einer sehr dicken Flüssigkeit.

25

Johannes stand in der Telefonzelle des Hotels und versuchte noch einmal, Giulia zu erreichen. Wie beim letzten Mal klingelte es lange und er wollte schon auflegen, als es in der Leitung knackte.

»Giulia?«

»Ja? Hallo?«

»Hier ist Johannes.« Er drückte den Hörer ans Ohr.

»Hallo! Alles in Ordnung? Bist du zurück?«

»Nein, ich ruf aus dem Hotel an.«

»Oh. War die Beerdigung schon?«

»Ja.« Er schwieg.

»Und?« Er meinte zu sehen, wie sie sich ungeduldig durchs Haar fuhr, das Gewicht vom einen auf den anderen Fuß verlagerte.

»Wie eine Beerdigung. Nichts Besonderes.«

»Und deine Mutter?«

Er sah zu dem Rezeptionisten, der sich gerade eine Zigarette anzündete. Johannes klopfte seine Jackentaschen ab.

»Ist alt geworden«, antwortete er.

»Johannes«, er hörte, dass Giulia genervt klang. »Gibt es was Wichtiges? Ich bin auf dem Sprung, verstehst du?«

»Soll ich dir was mitbringen?«, fragte er. »Ich muss mich noch für das Auto bedanken.«

»Bring mir mit, was du willst, ich lass mich überraschen. Noch etwas?«

Er schaute auf seine Schuhe, auf die sich ein feiner Staubfilm gelegt hatte.

»Giulia«, er atmete tief durch, »ich kann doch meine Mutter nicht hierlassen.«

Sie blieb still. So lange, dass er dachte, die Verbindung sei unterbrochen worden.

»Bist du noch da?«

»Ja«, sie zögerte. »Würdest du denn wollen, dass sie zu dir zieht?«

»Nein«, er lachte. »Aber hierlassen kann ich sie doch auch nicht. Sie sitzt da alleine in diesem Dorf, in dem leeren Haus, wie soll das denn in zehn, fünfzehn Jahren mit ihr werden?«

»Ich weiß nicht. Dann musst du sie fragen.«

Giulia schwieg. Johannes fuhr mit dem Daumen über einen Kratzer in der Scheibe der Telefonzelle, der Rezeptionist sah kurz auf.

»Oder weißt du was? Du musst überhaupt nichts«, sagte Giulia plötzlich. »Du bist ihr nichts schuldig, du hast dein Leben, du hast etwas geschafft, ohne sie. Wenn sie kommen will, soll sie kommen, sie soll sich nicht erst bitten lassen.«

Johannes lockerte den Griff um den Telefonhörer, seine Handfläche war feucht geworden, sein Ohr warm. Er wollte widersprechen, wollte sagen, dass er das nicht tun konnte, und ließ es diesmal bleiben.

»Danke«, sagte er.

»Ich muss los, tut mir leid.«

»Ja, klar. Bis bald.«

»Bis bald, komm gut nach Hause.«

Er hängte ein und wischte sich die Hand an der Hose ab. Dann ging er zur Rezeption. Der Mann sah auf, als Johannes einen Arm auf die Theke legte. »Ich reise morgen ab«, sagte er.

Es gab nichts mehr zu tun hier. Es war nicht nur der Vater gestorben, irgendwie hatte auch alles andere aufgehört zu leben, vor allem ein Gefühl, von dem Johannes gedacht hatte, er müsse es noch haben.

Er gab Gas, fuhr zu schnell, fühlte sich unwohl dabei und nahm doch den Fuß nicht vom Pedal. Die Bäume mit dem Licht dazwischen flogen an ihm vorbei, als wäre die Allee ein Daumenkino. Die Temperaturen waren seit dem Regen wieder gestiegen, wären die frischen Knospen nicht gewesen, hätte man meinen können, es sei schon Sommer. Doch in den Feldern lag noch die Kühle der Nacht, die Luft, die durch das heruntergekurbelte Fenster drang, war frisch und klar. Johannes dachte an morgen, an die lange Fahrt und daran, wie er die Tür zu seiner Wohnung aufschließen würde, spätabends und todmüde. Er konnte es nicht erwarten.

Das Ortsschild am Ende der Allee rückte näher und er nahm den Fuß vom Gas. Er fuhr an der Kirche vorbei, vorbei an der Kreuzung, die zu Davids Haus führte, an dem Hof, wo sein Bruder ein Messer gehalten hatte, Johannes hatte nie erfahren, weshalb, vorbei an dem Platz, wo es einmal einen Biergarten gegeben hatte.

Die Mutter stand tatsächlich schon vor dem Tor. Er lenkte das Auto an den Straßenrand und lehnte sich über den Beifahrersitz, um die Tür zu entriegeln. »Wartest du schon lange?«

»Ist das dein Auto?«, fragte sie.

»Nein, es gehört einer Freundin.«

Die Mutter öffnete die Tür weiter, um einzusteigen. »Du hast eine Freundin?«

»Eine beste Freundin«, sagte Johannes.

Sie strich über das Armaturenbrett, als würde sie Staub wischen. Johannes warf einen Blick in den Rückspiegel und fuhr los, langsamer als auf dem Hinweg. Er schaute einmal zur Seite und sah, dass die Mutter die Augen geschlossen hatte. Den Kopf in die Hand gestützt, lehnte sie an der Scheibe.

»Was willst du machen in der Stadt?«, fragte er trotzdem.

Sie setzte sich gerader hin und räusperte sich. »Nichts Besonderes, ein bisschen herumlaufen.«

Sie fuhren an offenen Feldern vorbei. Johannes klappte den Sichtschutz herunter, die Sonnenbrille lag im Handschuhfach. »Ich reise morgen ab«, sagte er.

Als sie länger nichts sagte, schaute er zu ihr, doch sie hatte den Blick zum Fenster gewandt. »Doch schon morgen. Ich dachte, du bleibst vielleicht bis Ostern«, sagte sie leise.

»Wollen wir in der Stadt zusammen essen gehen?« Zum Abschied, wollte er hinzufügen und tat es nicht. Vor ihm auf der Straße saß ein Spatz, der im letzten Moment aufflog.

»Ja, ist gut«, sagte die Mutter, stützte den Kopf wieder in die Hand und schwieg, bis sie angekommen waren.

Johannes parkte vor dem Hotel, zu Fuß nahmen sie den Weg in die Innenstadt. Die Mutter ging langsam und sah an den Hausfassaden hoch, als wäre sie zum ersten Mal hier. »Irgendwo sieht man noch die Einschusslöcher«, sagte sie. Vor einem Schuhgeschäft blieb sie stehen. Taschen und Geldbeutel lagen aus und es gab reduzierte Handschuhe, die mit Fell gefüttert waren. Die Mutter nahm ein Paar und befühlte das Material. Sie hielt sie ihm hin und er strich über das Leder. Es war weinrot und butterweich, hellbraunes Innenfell.

»Schön«, sagte er.

»Aber der Winter ist vorbei.«

»Ja, und? Es wird ja wieder einer kommen. Ich schenk sie dir.«

»Sie sind zu teuer.«

»Sie sind überhaupt nicht teuer, sie sind reduziert.«

Sie legte die Handschuhe zurück zu den anderen. Die Verkäuferin, die in der Tür stand, verschränkte die Arme. Johannes wich ihrem Blick aus.

»Im Frühling kauft man keine Handschuhe.«

»Wer sagt das?« Johannes griff danach.

»Was machst denn?« Die Mutter trat einen Schritt vor und schlug ihm leicht auf den Arm. Johannes fuhr zusammen, doch dann ließ sie die Hand liegen und strich über seine Jacke.

»Kauf sie doch deiner Freundin.«

»Ich hab keine Freundin.«

»Deiner besten Freundin«, sagte sie und sie sahen einander in die Augen. Sie lächelte leicht.

»Schon entschieden?«, rief die Verkäuferin von der Tür aus. »Ich geb Ihnen noch einen Rabatt, es ist ja schon Frühling.«

Johannes zog seinen Geldbeutel aus der Hosentasche. »Ich nehm sie«, sagte er.

Auf dem Tisch standen Krautsalat, Mici und Pommes. Die Mutter nippte an dem kleinen Bier, das sie sich zu seiner Überraschung bestellt hatte.

»Guten Appetit«, sagte Johannes und schnitt sich ein Stück Fleisch ab. Die Mutter nahm noch einen Schluck, rührte ihr Essen aber nicht an. Sie reckte den Kopf zur Seite, um unter der Markise hervor in den Himmel zu schauen. »Du hast Glück gehabt mit dem

Wetter«, sagte sie und Johannes hörte auf zu kauen. Dass das ja kein Strandurlaub gewesen sei, wollte er sagen, aber er ließ es und nahm einen zu großen Schluck Bier, verschluckte sich und musste husten. Es war früher Mittag und der Alkohol stieg ihm schnell zu Kopf, er fühlte sich benommen.

»Wann musst du wieder arbeiten?«, fragte die Mutter und nahm endlich ihr Besteck zur Hand.

»Übermorgen«, log er.

»Ah«, machte sie und fing an zu essen.

»Ich arbeite als Hörgeräteakustiker, Mama«, sagte Johannes laut und schaute sie dabei an.

Sie hielt inne. Sah erstaunt aus und nickte nur, sagte: »Ja, ja, weiß ich doch«, und führte die Gabel mit dem Krautsalat zum Mund.

Dass es schwer gewesen sei, am Anfang. Und danach. Dass er es zu etwas gebracht habe, mit Mühe, und dass er davon heute manchmal noch müde sei. Dass er Heimweh gehabt habe, ohne zu wissen, wonach genau. Er wollte es sagen und wusste, dass er genauso gut schweigen konnte. Das Plakat in seinem Sprechzimmer kam ihm in den Sinn: Jemand stand darauf an einer Klippe, das Foto so aufgenommen, dass man als Betrachter nicht über den Rand blicken konnte. Nur der strahlend weiße Himmel war hinter der Klippe zu sehen und darunter der Satz: *Schwerhörigkeit ist nicht das Ende der Welt.* Es war eine unverschämte Lüge.

»David ist weggezogen«, sagte die Mutter unvermittelt und Johannes' Hände wurden taub. Alles Blut schoss in sein Herz.

»Du hast gar nicht nach ihm gefragt.« Die Mutter leckte sich Öl aus dem Mundwinkel. »Ihr wart doch so gut befreundet.«

»Wohin?«

»Bitte?«

»Wohin ist er gezogen?«

Sie steckte sich ein Stück Fleisch in den Mund und Johannes schloss die Hände um sein Besteck.

»In die Nähe von Konstanza.« Die Mutter kaute. »Der Vater kam doch aus der Gegend. Kurz nachdem du fort bist, sind sie mit Sack und Pack weggezogen.«

Johannes versuchte auszuatmen.

Die Mutter sah ihn an. »Ist dir nicht gut?«

»Mama, ich …«, fing er an und suchte ihren Blick. Er schaute ihr in die dunklen Augen und suchte nach einem Einverständnis, nach dem Signal, dass er jetzt erzählen, dass er endlich sprechen durfte. Aber da waren nur die Iris, darin eine Pupille, die klein war wegen des Mittagslichts, um die Augen herum dichte Wimpern und die Krähenfüße, die zu den Schläfen hin verliefen, und er fand keinen Weg, der über das bloße Gesicht hinausging, kein Zeichen oder eine Aufforderung, dass er hätte erzählen können. Er schluckte, sein Herz beruhigte sich wieder.

»Danke«, sagte er nur und griff nach seinem Bier, »danke, dass du es mir gesagt hast.«

Während die Mutter zur Toilette ging, bezahlte Johannes die Rechnung. Er sah sich kurz um, es waren nur wenige Leute im Lokal und niemand achtete auf ihn. Er stand auf, ging zum Stuhl seiner Mutter und schob die Lederhandschuhe in ihre Handtasche. Dann setzte er sich zurück an seinen Platz.

26

Auf der letzten Seite des Registrierscheins stand: *ohne Gepäck*. Da standen auch die Namen der Mutter und des Vaters, sie waren unter der Rubrik *zurückgelassene Verwandte* aufgeführt, und es gab eine kurze Liste der Orte, an denen Johannes sich seit seiner Geburt länger aufgehalten hatte. Er schaute auf die weiße Stelle, die leeren Zeilen unter den Namen seiner Eltern, bevor er Giulia den Registrierschein reichte.

Sie machten ein Picknick im Garten seiner Nachbarn, die verreist waren. Johannes hatte Nektarinen und Wassermelone in eine Sangria geschnitten, hatte einen Sonnenschirm aufgestellt und ein Kinderplanschbecken, das er am Tag zuvor im Supermarkt gekauft hatte, aufgepumpt und befüllt. Limo- und Bierflaschen und noch eine ganze Melone lagen in dem Becken. Er und Giulia saßen auf einer Decke im Gras, sogen an ihren Strohhalmen und pickten das Obst aus den Bechern.

»So sieht das aus«, sagte sie. Giulia schob sich die Sonnenbrille auf den Scheitel und musterte die Papiere. Sie las selbst das Kleingedruckte an den Rändern, irgendwelche Nummern von Behörden, und betrachtete die Stempel und Unterschriften. Der Nachbar im

Garten nebenan streckte den Kopf über die Hecke, sein Blick glitt über die Decke im Gras und den Krug mit Sangria. Johannes hob die Hand und der Nachbar winkte zögernd zurück.

»Was hat der für ein Problem«, murmelte Giulia, ohne den Blick von dem Schein zu heben, dann sagte sie laut: »Du warst ja zwei Mal im Gefängnis.« Sie grinste und tippte auf die Liste seiner Aufenthaltsorte. Er musste ebenfalls grinsen. Aus den Augenwinkeln sah er, dass der Nachbar noch immer hinter der Hecke stand. Giulia drehte den Kopf weg und steckte sich den Zeigefinger in den geöffneten Mund. Johannes wurde rot.

»Lass ihn halt«, flüsterte er, nahm den Krug und sagte lauter: »Willst du noch?«

Giulia hielt ihm ihren Becher hin und er schenkte ein, während sie die Liste weiter überflog.

»Du hast eine Schreinerlehre gemacht?«, nuschelte sie, den Strohhalm im Mundwinkel. »Wusste ich gar nicht.«

»Ja, nur kurz. Mittendrin bin ich dann weg.«

»Dann kannst du mir ja was schreinern.«

Johannes lachte. »Eigentlich nicht. Mein Chef hatte mehr Lust zu erzählen, als zu schreinern.«

Aus dem Garten nebenan war ein schnappendes Geräusch zu hören. Der Nachbar hatte begonnen, den Rasen unter den Hecken zu schneiden. Eine Wespe setzte sich auf den Rand des Sangriakrugs und Johannes schob sie vorsichtig mit einem Bierdeckel fort.

Giulia drehte noch einmal alle Blätter um, als würde sie nach etwas suchen. »Deine Mutter hat einen schönen Namen«, sagte sie.

»Hm«, Johannes zog die Mundwinkel nach unten. Es war zu früh am Tag für Alkohol, er war betrunken und ihm war heiß. Über den Gärten hing der Geruch von gegrilltem Fleisch und er merkte, dass er Hunger hatte. Johannes nahm sich ein Stück Melone aus seinem Becher, stand auf und stieg in das Kinderplanschbecken. Das nach Plastik riechende Wasser war kaum noch kühl, tote Fliegen trieben an der Oberfläche. Johannes setzte sich auf den Beckenrand, der sofort nachgab, und ein Schwall Wasser durchnässte seine Badehose. Er keuchte, verlor das Gleichgewicht und rutschte ins Gras.

Giulia lachte. »Bist du schon betrunken?«, rief sie, stand auf und hielt ihm eine Hand hin, um ihn hochzuziehen. Johannes bückte sich nach dem Stück Melone, das ihm heruntergefallen war, und merkte, wie der Nachbar über die Hecke schaute.

»Also, Johannes, bevor du nicht mehr stehen kannst, stoßen wir einmal richtig an.« Giulia füllte beide Becher. Ein Windstoß fuhr unter den Schirm, Johannes spürte die nasse Hose an den Oberschenkeln und fröstelte. »Darauf, dass du jetzt ein waschechter Franke bist«, sagte Giulia laut, und obwohl sie die Sonnenbrille wieder trug, sah Johannes, wie sie kurz über seine Schulter blickte.

Johannes' Herz schlug schneller, er legte sich in gespielter Rührung eine Hand auf die Brust und hob ebenfalls seinen Becher. »Auf die waschechten Franken«, sagte er und sie stießen an.

Sie tranken und setzten sich wieder. Johannes streckte sich auf der Decke aus und stützte den Kopf in die Hand.

»Tu den mal weg, sonst wird er noch nass«, sagte Giulia und hielt ihm den Schein hin.

»Ich brauch ihn sowieso nicht mehr.«

»Trotzdem.« Sie stand auf, um die Papiere wegzulegen. Ihr Blick ruhte auf einer der Seiten, leise sagte sie etwas.

»Alle was?«

»Sind das alle zurückgelassenen Verwandten?«

Bevor Johannes antworten konnte, räusperte sich der Nachbar. Er stand jetzt in der Lücke zwischen zwei Hecken. »Was gibt es denn zu feiern?«, fragte er und schirmte die Augen gegen die Sonne ab.

Giulia verschränkte die Arme, sie schwankte kurz und machte einen Schritt zur Seite. »Er hat eine Staatsbürgerschaft abgelegt«, sagte sie knapp.

»Ah«, der Nachbar nickte. Sein Blick wanderte zu dem Planschbecken. Er öffnete den Mund und schloss ihn wieder, dann richtete er sich ein wenig auf. »Davon geht der Rasen kaputt«, sagte er.

Johannes und Giulia schwiegen.

»Das Becken da«, er deutete darauf, »das drückt den Rasen kaputt.«

~

Johannes öffnete das Fenster. Es würde ein gleißender Tag werden, der Hof lag schon jetzt voller warmer Schatten, über den heißen Steinen summte es. Kein Vater da, keine Mutter, im Haus war es still und der Morgen weit fortgeschritten.

Johannes hatte nicht einmal gehört, wann die Großmutter durch sein Zimmer gegangen war, so tief hatte er geschlafen. Drei Tage keine Mutter, kein Vater, kein Geräusch, wenn Flaschen am Tisch abgestellt wurden, kein Rufen zum Frühstück, zu Mittag, zu Abend, drei Tage kein Schweigen zwischen den Eltern am Tisch, keine Blicke, die es zu deuten gab, keine Notwendigkeit, auf jede Geste, jedes Zucken in der Mimik des Vaters zu achten.

Johannes ging in die Hocke, verschränkte die Arme auf dem Fensterbrett und bettete den Kopf darauf. Er schloss die Augen. Betrachtete die Ringe, die sich hinter den Lidern grün, gelb, rot pulsierend ausbreiteten, so als hätte jemand einen Stein in buntes Wasser geworfen. Er hörte, wie der Wind im Hof ging, doch der

Luftzug erreichte ihn nur als Hauch, die Härchen auf seinen Armen stellten sich auf. Drei Tage Ruhe, es waren Ferien und seine Dorf-Großmutter ließ ihn schlafen, so lange er wollte, sie ließ ihn gehen und kommen, wie es ihm gefiel. Er konnte David mitbringen, sie aßen, wann es ihnen passte, und es gab kein böses Wort zwischen ihnen, kein Unbehagen. Es war, als dürften sie für drei Tage Atem holen, tief Atem holen, nachdem sie sehr lange die Luft angehalten hatten.

Dass sie doch nie wieder kommen könnten. Diesen Gedanken verbat er sich. Und wenn er es doch dachte, sich dabei ertappte, wie er Sehnsucht danach hatte, dass dieser Zustand ewig andauern möge, dann betete er umso inständiger darum, dass sie wiederkämen, wohlbehalten.

Johannes öffnete das Fenster. Es war früh am Morgen, ein Arbeitstag Mitte Juni, und er hatte das Beten fast ganz aufgegeben, nur instinktiv fiel es ihm manchmal noch ein. Vor fast zwei Monaten hatte er gebetet, im Wartezimmer beim HNO. Dumm war er sich dabei vorgekommen, dumm und feige. Sein Atem ging flach während der Untersuchung, er war nervös und stammelte seine Beschwerden herunter. Seine Familiengeschichte, die mögliche Veranlagung. Er zuckte kurz, als er das kalte Metall im Gehörgang spürte, und die Ärztin schaute lange, sagte lange nichts, zumindest kam es Johannes so vor.

Schließlich lehnte sie sich zurück, legte das Otoskop weg, verschränkte die Arme und lachte. »So etwas in der Größenordnung hab ich auch noch nicht oft gesehen«, sagte sie. »Warum sind Sie denn nicht früher gekommen? Waren Sie oft erkältet diesen Winter?«

Johannes sah sie an und schwieg.

Sie legte ihm kurz eine Hand auf den Arm. »Es ist nur ein Pfropfen. Wir weichen ihn auf und entfernen ihn dann, in Ordnung?«

Sie lachte noch einmal und Johannes nickte nur. Erst viel später, als er zu Hause war, ins Badezimmer ging und sich die Hände wusch, schaute er in den Spiegel, stützte sich am Waschbecken ab und betrachtete sein Gesicht wie das eines Fremden. Endlich hob er die Mundwinkel und lächelte.

Die Ärztin und er hatten sich darauf geeinigt, dass Johannes trotzdem einen Hörtest machen sollte. Er machte einen in der HNO-Praxis und noch einmal einen mit Giulia, und auch sie sagte ihm, es sei alles in Ordnung und dass er sich, wenn er das nächste Mal krank wäre, besser auskurieren solle. »Von Tee mit Rum wird man nicht gesund«, hatte sie gesagt und er hatte ihr versprochen, besser aufzupassen.

Während draußen die Sonne ihre Kräfte sammelte, zog er sich für die Arbeit an. Seit er wusste, dass ihm die Schwerhörigkeit des Vaters und der Stadt-Großmutter fürs Erste erspart blieb, fragte er sich, ob er sich davor gefürchtet hatte, nicht zu hören, oder davor, es mit ihnen teilen zu müssen.

Er schloss die Tür hinter sich und ging nach unten, trat auf den Gehweg und atmete ein, weil es jetzt noch frisch war draußen. Jetzt gab es noch Luft, bevor später die Hitze den Staub in die Straßen stapelte, sodass man sich hindurchzwängen musste wie durch warme Watte. Während alle anderen sich über das Wetter beschwerten, mochte er den trübblauen Himmel, das heiße Pflaster und dass die Wohnungen sich nicht mehr abkühlten. Dass man ständig alles gießen musste im Garten. Ab kommendem Herbst würde auch er einen haben. Es war einer frei geworden in der Kleingartensiedlung, seine Nachbarn hatten ihm davon erzählt. Er hatte sich hingesetzt und herumgerechnet und schließlich beschlossen, die Ablösesumme zu bezahlen.

Kurz nachdem er den Vertrag unterschrieben hatte, war er vor der Arbeit dort gewesen. Er war die engen, von Buchsbaum gesäumten Kieswege entlanggegangen, während vom Boden noch Kühle aufstieg. Die Luft war nass gewesen von der Nacht und die Vögel laut. Die Gärten standen um diese Zeit leer, jeder ein stilles Rechteck aus Rasen, mit einem Häuschen und verlassenen Klappstühlen, Schaukeln und kaum gefüllten Regentonnen. Er nahm den Weg bis zu dem Garten, der nun seiner war, und blieb vor dem Türchen stehen. Er hätte einfach hineingehen, hätte über den niedrigen Zaun steigen und durch den Garten spazieren können, niemand hätte ihn gesehen, niemand hätte davon erfahren. Aber er tat es nicht. Er konnte noch warten und sich, bis es so weit war, ins Gedächtnis holen, was er von hier aus sah: ein Bild mit Rübenbeeten, in das links das morsche Dach eines Holzhäuschens und rechts die Krone eines Zwetschgenbaums hineinragten.

Johannes schreckte hoch, er war kurz wieder eingedöst auf der Fensterbank. Aus dem Hof hörte er ein Knacken und Rauschen und schließlich verwaschene Geigen, sehr laut und dann leiser. *Dein ist*, sang Richard Tauber und bei *mein ganzes Herz* setzte die Großmutter ein, mit ihrer nicht ganz klaren Stimme, die in der Höhe manchmal wegbrach. *Wo du nicht bist, kann ich nicht sein*, sang sie, Johannes kannte den Text, kannte die Stellen, bei denen sie nicht mitsang, weil es ihr zu hoch war, und wo man nur noch den Tauber hörte, blechern und dumpf. *Wohin ich immer gehe, ich fühle deine Nähe.* Johannes hörte, dass sie lächelte, während sie sang, und er wusste, wann sie die Hand über das Kreuz auf ihrer Brust legte. Es drängte ihn aufzustehen, sich hinauszulehnen aus dem Fenster, um sie zu sehen, wie sie dort im Hof schmetterte, als gäbe es ein Publikum, das ihr an den Lippen hing und ihr jedes Wort glauben sollte. Doch er riss sich zusammen, er wusste, dass sie aufhören würde, sobald sie merkte, dass ihr jemand zusah. Also rückte er ein Stück vom Fenster weg und legte das Kinn auf die verschränkten Arme. Schloss die Augen, um besser zu hören, und ließ sie singen.

Dank an Christof, meine Eltern, meine Großeltern, an Florin Buhuceanu, Irina Costache und Jens Rießen, an Gela, Günther Eisenhuber und Simone Weinmann – Dank an alle, die mit mir zu diesem Buch und darüber hinaus gesprochen haben, danke für kluge Beobachtungen, für Geschichten und Wissen, für Praktisches und Persönliches, für Zeit, Elan, Interesse, Offenheit und Ermutigung. Ich denke, an einem Roman schreiben viele Menschen.

NADINE SCHNEIDER
Drei Kilometer

Roman, 152 Seiten, € 20,–

Nadine Schneiders Roman ist wie ein Lied, das man nicht oft genug hören kann. Und daher will ich für die Zukunft nicht ausschließen, »Drei Kilometer« noch ein viertes, fünftes oder sechstes Mal zu lesen. *Jan Brandt*

Das Bestechende an »Drei Kilometer« ist der Umstand, dass seine Autorin nichts versucht, was sie nicht auch beherrscht. *Christoph Schröder, Die Zeit*

Nadine Schneider versteht es, mit Nuancen umzugehen, und bei der Lektüre vergisst man, dass es sich um ein Debüt handelt – so dicht und klar und souverän ist diese Prosa. *Gerhard Zeilinger, Der Standard*

Nadine Schneider ist ein unspektakulärer und deshalb umso beachtlicherer Beginn einer Schriftstellerinnenkarriere gelungen, die man ihr ebenso wie dem Publikum wünscht. *Stefan May, Ö1 Ex libris*

Man wünscht sich weitere Romane von Nadine Schneider, die so genau erzählen kann und ganz ohne große Erklärungen auskommt. *Cornelius Hell, Die Presse*

Dieser Roman sticht aus der literarischen Masse hervor, weil er auf laute Töne sowie epische Breite verzichtet – und dennoch einiges zu erzählen hat. Und nicht zuletzt zeigt sie uns, dass gute Literatur auch berühren darf. *Begründung Shortlist »Das Debüt« 2020*